DONNÉE AUX BERSERKERS

LEE SAVINO

LIVRE GRATUIT

Obtenez un livre secret sur les Berserkers, Imprégnée par les Berserkers (seulement pour les extraordinaires fans de la liste d'emails de Lee) Pour commencer, rendez-vous ici...
https://geni.us/BredBerserkerFR

DONNÉE AUX BERSERKERS

Capturée pour servir de prix durant les Jeux brutaux des Berserkers...

Ma vie a changé pour toujours quand les Berserkers m'ont emmenée. Pour calmer la rage dévastatrice qui les habite, ces terrifiants guerriers doivent se trouver des femmes... et je suis une compagne idéale.

Pour remporter ma main, les Alphas ont décrété que tous les guerriers devaient s'affronter lors d'une série de Jeux des Highlands. Bien que je n'aie pas mon mot à dire, de tous les géants guerriers, deux ont retenu mon attention. Quand la rencontre finale sera terminée, j'appartiendrai aux impitoyables vainqueurs. Ils me possèderont complètement. Je ne peux qu'espérer qu'il s'agira des deux guerriers pour qui mon cœur a craqué...

Donnée aux Berserkers est une histoire indépendante, une romance ménage HFH dans laquelle deux énormes guerriers dominants mettent la femme au centre. Lisez la totalité de la

saga à succès des Berserkers pour découvrir et comprendre
ce qui a captivé les lecteurs...

PROLOGUE

— *M*uriel, m'appela quelqu'un par mon nom en tirant sur mon bras.

J'ouvris les yeux, les plissant à cause de mon mal de tête lancinant.

— Réveille-toi, me dit ma sœur d'un murmure tremblant.

— Qu'est-ce qu'il y a Fleur ? grognai-je. Est-ce que le feu s'est éteint ? Où est Sabine ?

— Elle a disparu, tu te souviens ? Nous ne l'avons pas vu depuis un jour et une nuit.

Fleur parlait, mais je l'entendis à peine alors que je m'assis et regardai fixement à travers les barreaux d'une cage. Là où je m'attendais aux murs de notre maison et à la cheminée de pierres, il n'y avait que la forêt.

— Qu'est-ce que c'est que ça ? chuchotai-je.

Nous étions assises au centre d'une cage en bois faite de branches aussi grandes qu'un homme et deux fois aussi longues, recouvertes de peaux de fourrure. Au-delà des barres, des formes bougeaient autour d'un feu de camp. Quelques hommes accompagnés de chiens géants.

— Ils sont venus pendant la nuit, murmura Fleur en se

1

blottissant plus près de moi. Te rappelles-tu ? Ils ont déboulé dans la cabane et se sont emparés de nous.

— Je me souviens.

Ma tête me faisait mal, mais je me souvenais des formes sombres se profilant au-dessus de nous. J'avais bondi sur mes pieds, en brandissant un petit couteau que ma grande sœur Sabine me faisait porter. L'un des guerriers avait attrapé la lame avec sa main.

— Attention, avait-il rigolé, me retirant violemment l'arme alors même que du sang dégoulinait de sa paume. Celle-ci est une battante. Elle a une petite dent.

— Éloignez-vous de moi, avais-je hurlé.

Ma bravoure dura aussi longtemps que cela prit à l'un des énormes guerriers pour m'attraper et me mettre à terre. Je luttai au sol, tendant mon cou pour regarder en arrière vers Fleur. Ma sœur jumelle était souvent malade et plus faible que moi. Elle s'était rapetissée sur le lit quand trois guerriers convergèrent vers elle.

— Laissez-nous tranquilles !

— Taisez-vous, et nous ne vous ferons pas de mal.

Le guerrier attachant mes poignets avait couvert ma tête avec un sac et m'avait soulevée. Puis nous étions sortis de la hutte, dans la nuit. J'avais crié et lutté de toutes mes forces. Le guerrier me portant m'avait jetée, et...

Le noir. Je ne me souvenais de rien de plus.

— Que s'est-il passé ? demandai-je à ma sœur sans quitter des yeux les hommes dans la clairière.

Les grands guerriers étaient en train d'abattre d'autres arbres et ajouter des rondins au feu.

— Je ne me souviens pas de beaucoup après qu'ils sont venus et nous ont emmenées. J'ai dû me cogner la tête.

— L'homme t'a frappé pour que tu dormes, m'informa Fleur. Mais je suis restée éveillée tout le temps. Ils nous ont portées ici, plus vite que ce que peut courir n'importe quel homme. Je sais que tu ne me croiras pas...

Fleur avait souvent des visions et des rêves pendant la journée, des choses fantastiques qu'elle partageait qu'avec moi. Souvent, elle voyait des choses qui n'étaient pas réelles et me posait des questions. Avec mon aide, elle ne parlait pas de trucs que personne d'autre ne voyait. Autrement, les villageois auraient pu la qualifier de féérique et la tuer pour cette seule raison.

— Je te crois, lui dis-je en la serrant plus fort. C'est vrai. C'est en train de se passer.

Les hommes près du feu de camp étaient plus effrayants quand ils entraient dans la lumière que quand ils se tenaient dans l'ombre. Massifs et musclés, ils portaient des tenues de guerriers et transportaient de grandes armes, allant de la hache à l'arc, jusqu'à la dague et à l'épée. Bien que plus larges que n'importe quel homme que j'avais vu, ils se déplaçaient tels des prédateurs, d'une grâce calme et rapide. L'un de nos ravisseurs sortit des bois en ne portant qu'un pagne, et transportant un rondin géant sur une épaule comme s'il ne pesait pas plus qu'un bâton. Il le déposa sans s'en préoccuper sur une pile grandissante, et rejoignit un groupe qui se tenait à nous examiner dans notre cage. Parmi les hommes erraient quelques bêtes géantes que je pensais être des chiens, excepté leur taille et l'intelligence dans leurs yeux brillant de doré.

Fleur et moi, nous blottîmes ensemble au milieu de ce cauchemar.

— Qui sont-ils ? demandai-je d'une voix désespérée en claquant des dents, plus de peur que de froid.

— Des loups.

Fleur désigna deux des guerriers montant la garde. Pas plus d'une minute ne passa sans qu'ils nous jettent des regards. Je remarquai qu'ils paraissaient particulièrement intéressés par Fleur, et je la pressai plus près de moi.

— Tu vois ces deux-là ? Ils m'ont porté à tour de rôle. Ils m'ont dit qu'une sorcière les avait maudits en leur donnant une grande force et une grande vitesse, mais avec le sort est venue la rage d'une bête de jais. Je n'ai pas compris jusqu'à ce que je voie l'un d'entre eux, le troisième là-bas, se changer d'homme en loup.

La bête qu'elle désigna était massive, plus grosse que n'importe quel chien que j'avais vu. Avec sa fourrure noire comme la nuit et ses yeux luisants à la lumière du feu, elle ressemblait à une créature démoniaque.

Elle n'avait pas cessé de fixer Fleur.

— Que nous veulent-ils ?

— Les guerriers m'ont dit qu'ils n'avaient pas de femme. Ils nous ont emmenées, car ils ont besoin de compagnes.

Je me forçai à détourner mon regard incrédule de ces géants guerriers et de ces colossales bêtes, pour regarder dans les yeux pâles de Fleur. Ma sœur blême en temps normal semblait encore plus blafarde et fatiguée, avec de grands cernes en dessous de ses yeux. Mais je savais qu'elle disait la vérité.

— Comment c'est possible ?

— Une prophétie à propos d'une race de femmes avec lesquelles ils peuvent s'unir. Muriel... ils ont Sabine.

— Elle est ici ? En vie ?

Notre grande sœur avait disparu quelques nuits auparavant. Je m'affaissai sur les peaux, submergée par les premières bonnes nouvelles que j'avais eues de toute la nuit.

— Ils l'ont prise en premier, affirma Fleur en hochant la tête et en se couchant avec moi. Elle est amenée à s'accoupler avec les deux Alphas.

— Deux d'entre eux ? m'étonnai-je en fronçant le front.

— Ils s'unissent parfois avec des femmes par paires.

Je fermai les yeux. Ma tête me faisait à nouveau mal, et pas à cause de la bosse sensible sur mon crâne.

— Penses-tu qu'elle va bien ?

J'avais souvent été en désaccord avec ma grande sœur, mais elle avait toujours veillé sur nous depuis que notre mère était morte. Nous avions une autre sœur, Brenna, plus âgée que nous toutes, mais elle aussi avait disparu.

— Je pense que Sabine se bat contre eux. Mais ils ont plaisanté sur le sujet et ont dit que d'une façon ou d'une autre, les Alphas l'apprivoiseraient. Et puis…

La voix de Fleur s'éteignit, mais elle n'avait pas à finir sa phrase.

Après que Sabine se soit unie, ce serait notre tour.

L'aube vint, et malgré la peur bouillonnant dans mon ventre et une vive sensation dans mon gosier, je m'assoupis.

Quand je me réveillai, le groupe de guerriers s'était dispersé. Il n'y avait plus que trois guerriers uniquement, les hommes qui avaient porté Fleur, et leur compagnon sous sa forme de loup.

Quelqu'un avait laissé une gourde d'eau juste à l'extérieur des barres. J'attendis aussi longtemps que je pus, mais passai finalement mon bras entre les barreaux et la pris. Je la reniflai prudemment, mais ne sentis aucune souillure ou poison. Si ces guerriers avaient une quelconque raison de nous tuer, ils pourraient simplement casser net nos cous. Avec ce raisonnement lugubre, je n'hésitai pas à boire dans la gourde.

Le vent changea et de la fumée souffla dans notre cage. Fleur commença à tousser dans son sommeil. Je bougeai pour bloquer la brise infecte, mais elle continua de tousser. Ses poumons n'avaient jamais vraiment été robustes.

J'aurais voulu que Sabine soit là. Elle était intelligente et courageuse, et avait un peu de magie. Elle demanderait à nos ravisseurs de lui apporter ce dont elle avait besoin pour concocter un remède à Fleur, et ne s'arrêterait pas de leur tenir tête jusqu'à ce que nous soyons toutes libres.

J'avais enveloppé mes bras autour de mes jambes et pressé ma tête sur mes genoux, quand une voix siffla à mon oreille.

Je levai la tête et regardai droit dans des yeux dorés. Un loup roux, si rouge que j'aurais pensé que c'était un renard s'il n'avait pas été si large, s'assit en haletant à une portée de moins de cinq pas de là où j'étais assise dans la cage.

Je regardai avec émerveillement alors qu'une onde de magie fendit l'air. La forme de la bête scintilla, puis à la place du loup se trouvait un homme accroupi, nu excepté un pagne.

Si Fleur n'avait pas expliqué la nuit dernière, j'aurais cru être folle ou rêvant encore, mais l'homme paraissait assez réel. Il était jeune et robuste, avec des jambes et un poitrail pâles musclés. La seule ressemblance qu'il y avait avec le loup était ses cheveux rouges en désordre.

Il me sourit et plaça un doigt sur ses lèvres, me faisant signe de rester silencieuse. Je jetai un regard en arrière vers les guerriers nous gardant, et ils étaient tous concentrés sur le feu. La fumée soufflait toujours dans notre direction. Leur tournant le dos, je hochai la tête au guerrier aux cheveux rouges. Pour une quelconque raison, il ne souhaitait pas être vu, et son secret était en sécurité avec moi.

Son sourire s'élargit, étalant des incisives aiguisées. Il me fit signe de m'approcher.

Pour une raison inconnue, j'obéis, glissant sur les peaux pour me mettre sur le côté de la prison en bois.

— Muriel ? s'enquit-il de sa voix râpeuse, mais je reconnus mon nom quand il reposa sa question. Et-tu Muriel ?

Le regardant, bouche bée, j'acquiesçai.

— Tu es sûre, petite ? demanda-t-il. J'ai un message pour Muriel et j'veux pas le dire à la mauvaise personne.

— Je suis Muriel, dis-je après avoir léché mes lèvres et trouvé ma voix. Qui êtes-vous ? Qu'est-ce qu'il se passe ?

— Vous avez été enlevées par des Berserkers, des guerriers maudits et appelés à vivre comme des bêtes. Vous avez été volées par la Meute de Lowland. Je suis Fergus de la Meute Highland. Ma meute et celle-ci ne s'entendent pas.

Cela expliquait sa discrétion.

— Vous avez un message pour moi ?

— Ouais. Mes Alphas vous promettent que vous ne serez pas blessées. Bientôt, vous serez libres.

Il rampa plus près, s'accroupissant à côté des barres. Si je sortais ma main, je pourrais le toucher.

— C'n'est pas malin pour moi de sortir de ma cachette, mais tu parais si triste. Je voulais te rassurer.

Il avait de légères taches de rousseur sur son nez.

— Merci. C'est très gentil.

— J'peux pas rester longtemps. Je suis ici seulement parce que le vent a changé. Ils ne sentiront pas mon odeur aussi longtemps que je serais dans le sens du vent.

— S'il vous plait, nous laisserez-vous sortir ?

— Je ne peux pas. Pas tant que je ne sais pas si c'est sans danger. Sais-tu pourquoi vous êtes dans une cage ?

— Pour nous empêcher de sortir ? ironisai-je en jetant de nouveau un coup d'œil vers le feu, mais nos gardes étaient toujours distraits.

— Non, pour empêcher les monstres d'entrer à l'intérieur.

Je voulais fermer mes yeux, me coucher et dormir, et oublier tout ça comme si c'était un rêve. À la place, j'examinai Fergus. Avec ses taches de rousseur et manières taquines, il pourrait être un jeune de mon village, à part pour sa belle apparence robuste et la magie qui faisait de lui un loup.

— Pourquoi nous ont-ils enlevées ? Pourquoi sommes-nous ici ?

— Ils ont besoin de femmes.

Fleur avait relayé la vérité. J'agrippai les barreaux plus fort, et serrai la mâchoire pour combattre mes larmes.

— Là, petite, ne pleure pas, chantonna Fergus en paraissant touché. Ça va aller.

— Je ne sais pas comment … Je ne sais pas quoi faire.

— De l'aide est en chemin. Je le jure sur ma vie, je t'ferai sortir. T'inquiète pas p'tite tête.

D'une respiration tremblante, je hochai la tête.

— Le vent change. S'ils me sentent, je vais être attrapé.

— Ne pars pas, suppliai-je.

Il pencha la tête. Ses épaules étaient aussi parsemées de taches de rousseur.

— T'as pas peur de moi, petite ?

Je ne sus quoi dire à ça.

— S'il vous plait.

— Je ne m'éloignerai pas loin. Je m'assurerai qu'il ne vous sera fait aucun mal. Cette meute est dangereuse, mais les loups les plus instables ont l'ordre de rester loin de vous.

Il se transforma devant mes yeux, les traits masculins se déformant en une gueule de loup rougeâtre. Je fis un mouvement brusque en arrière, mais il était déjà parti, le tremblement d'une feuille sur une branche basse fut la seule trace d'où il s'était tenu.

Je me cramponnai à Fleur, mais elle était endormie, ses joues blêmes et pâles, son corps s'agitant sous la toux. Des larmes ruisselèrent de mes yeux, de l'air enfumé, me dis-je. Pas parce que j'avais peur.

Un guerrier marcha dans la clairière. Pâle et blond, il était plus grand d'une tête que les autres, et les domina quand ils inclinèrent leurs têtes.

— Arne, Erik, les salua-t-il, et puis le loup. Gunnr.

Il avait un accent étrange, mais parlait d'une voix égale et cultivée. Je le pensais presque être un lord d'une cour lointaine, mais il pencha la tête et renifla le vent et je vis le prédateur en lui.

— Alpha, le saluèrent les guerriers, et sa tête fit un mouvement brusque vers notre cage.

— Qu'est-ce ? demanda l'Alpha blond à ses hommes. Je sens un loup. Et pas un de notre meute.

— Je le sens aussi, grogna le guerrier nommé Arne.

De la peur crépita en moi. Ils traqueraient Fergus, et tout serait perdu.

Je bougeai de l'autre côté de la cage, opposé à l'endroit où je m'étais assise avec Fergus.

— Hé, hurlai-je. Toi, là.

Agrippant les barreaux de branches, j'essayai de les secouer. Fleur toussa à nouveau dans son sommeil, la distraction parfaite.

L'attention des guerriers pivota vers moi. Mon corps était engourdi de peur, de froid, et à présent, de colère.

— Ma sœur est malade. Elle mourra peut-être si je n'obtiens pas les herbes dont elle a besoin.

Le grand blond approcha. S'accroupissant, il baissa sa tête pour croiser mon regard. Ses yeux étaient d'un doré brillant.

J'attendis qu'il parle, mais il pencha sa tête sur le côté.

— M'as-tu entendue, m'exclamai-je de la fureur complétant mes mots. Vous nous avez capturées toutes les deux et bientôt, l'une d'entre nous mourra. Si elle part... je vous le ferai payer.

Je ne savais pas comment. Mes joues étaient gelées de mes vieilles larmes ou étaient-elles nouvelles ?

— Des menaces à vos ravisseurs ? murmura l'Alpha. Je me demande ce qui te rend si téméraire ?

— C'est l'ennemi, Ragnvald, répondit l'un des gardes, Erik.

Le second et le troisième, sous leur forme de loup, se tenaient à l'orée de la forêt, gémissant et tripotant la terre de leurs pattes à l'endroit où Fergus avait été.

Ils arpentèrent le long de l'un des côtés de la cage, et des frissons se développèrent le long de ma colonne.

— Il était ici. Un de la Meute Highland. Si nous partons maintenant, nous pouvons le pister.

Je fixai le visage du chef, suppliant silencieusement.

— Non, dit-il finalement. Laissez-le partir. Si les plans se tiennent, la Meute Highland ne sera plus notre ennemie pour longtemps.

Je soutins le regard du leader un moment de plus, puis une douleur tranchante crépita dans ma tête et je baissai les yeux. De la puissance ondula au travers de la clairière, au-delà de ma compréhension de mortelle, et les poils de mes bras se dressèrent.

Fleur toussa à nouveau, brisant l'envoutement.

— S'il vous plait, mon seigneur, suppliai-je. Ma sœur est vraiment malade.

— Sais-tu ce qui la sauvera ? demanda Erik d'une voix sévère, presque gutturale.

Il se dirigea d'un pas raide vers la cage, les yeux sur le corps flasque de Fleur. Je reculai vers l'arrière, mais le guerrier s'arrêta quand son chef leva une main. Chaque muscle du corps d'Erik se crispa, prêt à bondir en avant si l'ordre lui était donné et à déchiqueter la structure de bois.

— Oui, déglutis-je. Je peux trouver les herbes pour faire un remède, si vous me laissez sortir.

Fleur toussa et l'un des loups gémit à nouveau.

— Alpha, s'il te plait, demanda Erik d'une voix calme.

De la sueur perla sur son front alors qu'il attendait que son chef donne l'ordre.

— Très bien.

Erik tendit la main et découpa les liens sur une branche, alors le côté de la cage s'ouvrit en se balançant.

— Prends Gunnr et piste notre intrus rouge, continua Ragnvald. Quand tu l'attraperas, ne lui fais pas de mal. Dis-lui que je souhaite une rencontre sous une branche de trêve, pour négocier la paix avec sa meute.

Je ne respirai pas jusqu'à ce que le guerrier tendu fût parti.

— Sois tranquille, Muriel, me rassura l'Alpha. Ta sœur m'a informé de ton courage. Il semblerait que même Fleur ait charmé mes hommes en moins d'une demi-journée.

Le ciel bleu dégagé m'appelait par-delà le cadre de bois, pourtant j'hésitai encore.

— Avance, petite sœur, me fit signe l'Alpha. Je suis Ragnvald, Alpha de la Meute Lowland. Je jure que je ne te ferai pas de mal.

— Je ne suis pas votre sœur, rétorquai-je.

— Non, répondit Ragnvald, amusé. Mais quand Sabine acceptera sa place à mes côtés, tu le seras.

Le cœur battant vite, je me baissai à travers l'ouverture. L'Alpha de la Meute Lowland sortit sa main majestueusement, me conduisant dans ma nouvelle vie.

CHAPITRE 1

Neuf lunes plus tard

Je vis le loup au travers des branches du buisson de baies. Grand et roux avec une tache blanche sur sa queue, il s'assit avec sa langue pendante, en me regardant.

Avec un sourire, je me retournai vers la branche en attente et pris une autre poignée de baies pour mon déjeuner.

Une brise subtile souleva mes jupes et amena une odeur fraîche et franche, rappelant la terre après une averse de printemps. Des feuilles craquèrent sous le pied de quelqu'un, le son trop léger pour le remarquer à moins que je ne fusse en train d'attendre de l'entendre.

Une paire de grandes mains rugueuses couvrirent mes yeux.

— Devine qui c'est, résonna l'accent écossais en titillant mon oreille.

— Fergus, devinai-je en tourbillonnant avec un sourire pour accueillir le jeune guerrier, son beau visage et ses larges épaules musclées me faisant saliver.

Il se tenait torse nu et sans complexe, ne portant rien excepté un pagne autour de ses hanches. Le rose de ses joues était le seul signe qu'il était affecté par la petite brise.

J'éclaircis ma gorge, baissant ma tête pour cacher ma rougeur.

— Tu ne devrais pas être là... et je ne peux pas te voir comme ça.

— J'peux pas emporter des vêtements partout où je vais, protesta-t-il d'une voix qui tomba en un grognement séducteur. Mon loup aime courir sans entrave. Regarde-moi, Muriel.

Je fis comme il demanda, levant mon regard pour croiser ses yeux bleu clair. Je regardai avec fascination alors que la magie en lui se mit en place et teignit ses yeux d'une couleur dorée brillants.

— Tu m'as manqué, petite.

— Et tu m'as manqué, chuchotai-je.

Beaucoup avaient changé depuis la première fois où nous nous étions rencontrés, échangeant nos noms au travers des barres de la cage. Ma sœur et moi vivions avec les Berserkers, moins des captives et davantage comme des invités de marque. Les tensions entre les meutes avaient cessé, mais il y avait quand même des traités et des négociations. Fergus agissait souvent comme intermédiaire, et même si j'étais avec la Meute Lowland, je le voyais souvent, mais toujours en présence des Alphas ou de quelques gardes. Jamais seuls, lors d'une rencontre secrète, comme celle-là.

— Tu sembles aller bien.

Ma peau eut des frissons alors que son regard balaya ma forme de haut en bas, affamé.

Éclaircissant ma gorge, je cherchai à changer le sujet. Nous n'avions pas eu la chance de converser plus qu'un regard, un petit contact, une salutation prudemment formulée. La meute entière nous surveillait, ma sœur et moi, car

14

nous étions leur espoir pour le futur. Mais, de tous les géants guerriers menaçants, seul Fergus pouvait me faire rire avec ses singeries, et les idiots commentaires espiègles qui étaient assez innocents, mais que je savais m'étaient destinés.

— J'espérais que tu me trouverais aujourd'hui.

— Oui ? interrogea-t-il en faisant un pas en avant, le regard illuminé.

— Oui, répondis-je en reculant, rougissant. Je sais que je ne dois parler à aucun des guerriers, car je ne suis unie à personne encore, mais je veux parler avec toi.

— Bien, alors fille, dit-il en continuant à avancer, et je reculai encore. Que voulais-tu dire ?

Qu'importe la distance que je mettais entre nous, il me suivait lentement. Enfin, il me bloqua contre le buisson de baies. Mon corps frémit, palpitant comme un oiseau prenant son envol.

Il leva sa main et m'offrit une fleur blanche.

De la chaleur se précipita en moi. Souriant, je la saisis par la tige.

— Je savais que c'était toi.

Ces derniers temps, j'avais trouvé des petites fleurs blanches un peu partout. Une petite marque qui aurait pu être portée par un oiseau ou tombée d'un arbre, mais quand je l'avais trouvé sur une souche dans la clairière à côté de notre nouvelle maison, ou sur un rocher dans le ruisseau où Sabine et moi lavions nos vêtements, j'avais deviné que c'était un cadeau du loup roux.

— Merci. C'est magnifique. Mais j'ai besoin de te dire... je voulais t'avertir. Tu ne devrais pas t'approcher autant de moi. Ce n'est pas sûr.

— Je me fiche de ma sécurité, lança-t-il en penchant la tête, comme touché de mon inquiétude.

— Moi, si. S'il te plait, Fergus. Je ne veux pas que les autres te trouvent ici.

— Ils ne m'attraperont pas. Je suis petit, oui, mais je suis rapide quand je suis un loup.

Je commençai à protester, mais il leva un doigt, caressant presque mes lèvres.

— Veux-tu passer notre temps ensemble à nous quereller ?

— Non.

— Alors, parlons d'autres choses.

Il y avait tant de choses que je voulais lui demander, tant que je voulais savoir. Je l'imaginais souvent quand j'étais éveillée la nuit sur ma paillasse, pressant sur mes lèvres les fleurs blanches qu'il avait laissées pour moi.

— Cela fait-il mal de se Transformer ?

— Pas en loup. La bête, notre forme de Berserkers, est provoquée par des émotions extrêmes. Cela peut être douloureux, seulement pour le désir de combattre et de déchirer la terre entière. Mais, nous ne devrions plus parler de devenir des monstres.

Sa voix était douce, mais je savais qu'il s'inquiétait que la bête prenne le dessus sur son esprit. Tous les Berserkers avaient été un jour des hommes maudits par la magie de la Transformation. Ils pouvaient contrôler le changement entre homme et loup, mais après des décennies de combats, ils avaient finalement perdu le contrôle de leur troisième forme monstrueuse : la bête.

Pour moi, pourtant, Fergus n'était pas un monstre. Le guerrier aux cheveux roux aurait pu être un garçon de mon village, grandissant en un homme que je pourrais aimer. J'avais toujours imaginé un tel prétendant me courtisant. Nous aurions un mariage à la campagne, et une douce vie simple ensemble et avec nos enfants.

Ma vie avait changé, mais je m'accrochais à mon petit rêve joyeux. À chaque fois que j'étais avec Fergus, je pensais que cela pouvait encore se réaliser.

Je balançai ma cape et l'enveloppai dedans.

— Marche avec moi ? invitai-je.

Nous n'étions pas supposés être à proximité l'un de l'autre. La guerre pouvait éclater si nous étions découverts ensemble, mais l'attirance entre nous ne pouvait être niée.

Alors que nous flânions en silence le long du chemin forestier, sa main se fixa sur mon poignet par-dessus de ma longue manche. Je le laissai me conduire plus profondément dans la forêt. Mon cœur cognait, pressé de trouver un endroit secret où nous pourrions mettre à nu nos âmes et être ensemble, sans aucune menace d'être découverts suspendue au-dessus de nos têtes.

— Tu as grandi un peu durant ces dernières lunes, remarqua-t-il de sa belle voix chantante.

— Grossi ? demandai-je avec un regard faussement effarouché.

— Non. Et puis j'aime un petit peu de viande sur les os de ma femme.

Je secouai la tête.

— Je plaisante, Muriel, rétorqua-t-il en caressant ma joue avec ses doigts. Tu es magnifique.

Rougissant, je m'éloignai de sa caresse arquant mon corps. J'avais passé des nuits à désirer ardemment la sensation de ses doigts sur ma peau, en pressant les fleurs blanches sur mes lèvres. Mais j'avais été prévenue de ne pas laisser un Berserker toucher ma peau. Fergus le savait aussi. Dans l'envoutement de la calme forêt sombre, et de nos présences mutuelles, c'était facile d'oublier les règles.

— Où allons-nous ?

— Pas beaucoup plus loin, répondit-il en laissant tomber sa main pour tenir à nouveau mon poignet.

Après un moment, nous atteignîmes un endroit où une fine lumière se frayait un passage entre les épaisses branches des pins imposants. Un ruisseau courant au travers du cœur d'un bosquet de fougères et là, Fergus s'arrêta. Les mains couvrant ma petite taille, il me souleva et m'installa sur une large pierre plate divisant le cours d'eau, et marcha dessus avec moi. Avant de perdre l'équilibre, il me tira près de lui, me tenant dans ses bras comme si nous étions un couple en train de danser à une fête foraine au milieu de l'été.

— Fergus, dis-je en gardant les yeux sur la dure crête de son muscle le long du centre de son poitrail.

Fin et allongé, il était le plus petit de sa meute de Berserkers, mais tout de même plus grand que moi de deux têtes, et beaucoup, beaucoup plus fort. Plus fort que n'importe quel humain existant actuellement.

— Nous ne devrions pas être ensemble comme ça. C'est interdit.

— Muriel, souffla-t-il, ce qui ressembla à une musique, à une prière. Regarde-moi.

— Je ne peux pas, répondis-je en gardant mes yeux détournés. Sabine dit que je ne dois pas regarder un membre de la meute dans les yeux, au risque de l'offenser grandement.

— N'importe quel guerrier de la meute, ouais. Mais pas moi. Jamais moi. Regarde-moi, petite.

Il donna l'ordre et prit l'extrémité de mon menton d'un doigt.

Il avait des yeux telle une tempête lointaine au-dessus de l'océan. Quand la bête prenait le dessus, ils devenaient dorés avec une lueur mystique.

— J'ai des choses à te dire, mais je ne peux pas encore les dire. Je n'ai pas le droit.

À présent, mes joues devenaient roses alors que la chaleur se déversait en moi en réponse à sa caresse.

— Ne peux-tu pas en dire une partie ?

— J'aimerais pouvoir. Un jour, bientôt, je le ferai. Je te dirai tout ce que tu veux entendre, et plus.

Sa promesse envoya une décharge de passion au travers de mon corps. Nous avions un océan de différences entre nous, il était un Berserker de la Meute Highland, et j'étais une prisonnière et une pupille de leurs ennemis. Il était un loup-garou, et je n'en étais pas un, mais à ce moment, nous partagions le même souffle, le même cœur.

Inclinant sa tête, son front caressa le mien, et sa voix chuta jusqu'à un grave grondement qui répandit des fourmillements en moi.

— Si je faisais comme je voulais, je ne ferais pas que te dire mes pensées, je te les montrerais. T'comprends ?

J'ouvris ma bouche, mais sa tête fit un mouvement brusque.

— T'entends ça, fille ?

— Non.

— Ta sœur t'appelle, m'informa-t-il d'un ton détenant son regret.

— Je dois y aller, murmurai-je.

— Je sais.

Je tirai pour libérer un ruban de ma robe. La tête baissée, j'enveloppai le tissu vert autour de son biceps.

Quand je m'éloignai, il saisit ma main, et me tira pour revenir. Je me pressai contre lui, les yeux fermés, et ses lèvres caressèrent les miennes.

Je souris, le reste du retour vers la maison.

* * *

Durant les deux dernières lunes, j'avais vécu avec Sabine dans la grande cabane que ses compagnons, Ragnvald et Maddox, avaient construite pour elle. Je ne fus pas surprise quand je courus vers les portes et qu'elles s'ouvrirent devant moi. Un guerrier aux cheveux noirs, vêtu uniquement d'une culotte en cuir et des tatouages couvrant sa poitrine dénudée, attendait à l'intérieur.

— Muriel, me salua-t-il. Je suis content que tu sois revenue. Ta sœur Sabine était inquiète que tu aies perdu ton chemin.

— En effet, pendant un moment, répondis-je en racontant l'agréable vérité.

Fergus m'avait conduite hors du chemin, je le savais. Les loups pouvaient sentir le mensonge.

— Où est ma sœur ?

— J'étais sur le point de partir à ta recherche, dit ma sœur aînée alors qu'elle se tenait au-dessus d'une grande table recouverte d'herbes en train de sécher. Où est ta cape, Muriel ?

— J'ai dû la laisser dans les bois.

Une autre moitié de vérité. Sabine fronça les sourcils, tandis que je fouillai dans ma pochette pour trouver les herbes qui avaient été mon excuse pour partir ce matin-là.

— Voici plus de grande camomille. J'ai suivi le ruisseau jusqu'à en trouver toute une parcelle.

— Ah, alors ton chemin a croisé le ruisseau. Pas étonnant que Ragnvald n'ait pu te suivre.

— J'aurais fini par le faire, rétorqua Ragnvald, le second compagnon de Sabine qui entrait dans la hutte derrière moi. Je voulais juste être sûre de la trouver avant que l'autre loup le fasse.

— Il y avait un autre loup là-bas ? Un Berserker ? demanda Sabine.

— Je l'ai senti sur toi, Muriel. Tu as dû être proche de lui.

Je gardai la tête baissée et lavai mes mains. Si je disais quoi que ce soit, ils sentiraient un mensonge, et je ne pouvais pas trahir Fergus.

— Trop d'allers-retours entre notre Meute et celle des Highlands, murmura Ragnvald.

— Les loups viennent pour jeter un coup d'œil sur les femmes qui peuvent s'accoupler avec les Berserkers. Je sais que je risquerais ma vie pour avoir un aperçu, dit Maddox à Sabine, et il tira une mèche de ses cheveux dorés couleur miel.

Elle lui donna une claque, et il rigola.

Ragnvald resta sérieux.

— Plus d'excursion seule en dehors de la cabane, me dit-il.

— Je comprends, répondis-je d'un ton docile.

Tout au long de ma vie, j'avais trouvé que je pouvais tranquillement faire mon chemin si j'agissais de manière adorable et obéissante.

Sabine était trop têtue pour se soumettre.

— C'est ridicule, protesta-t-elle en fronçant les sourcils vers Ragnvald, les mains sur les hanches. Le printemps est là. Tu ne peux pas nous garder enfermées.

— Juste pour un petit moment. Muriel va bientôt nous quitter.

— Je pensais qu'elle allait rester avec nous, et Fleur avec notre sœur Brenna.

Une partie de la trêve consistait à séparer équitablement les quatre d'entre nous entre les meutes. Brenna était unie aux Alphas de la meute Highland, Sabine à ceux de la meute de Lowland. Bientôt, Fleur et moi prendrions des compagnons. Personne ne m'en avait parlé, mais je le comprenais malgré tout. Nous étions encore des prisonnières, même si nous étions traitées avec respect et attention.

— Nous devons parler. Muriel, viendrais-tu ici ? demanda Ragnvald en pointant une place du doigt devant lui sur la pierre centrale élevée.

J'y allai et m'assis avec les mains sur mes genoux. L'image même de la docilité. L'Alpha blond ne m'avait pas questionné à propos du loup inconnu qu'il avait senti dans les bois, et je souhaitais éviter de lever sa méfiance. Une erreur de ma langue et ma rencontre secrète serait révélée. J'aurais des problèmes et je serais peut-être punie, mais Fergus ferait face à la rage des Berserkers. Sa punition pourrait être la mort. Les meutes étaient très strictes quand il s'agissait de préserver les quelques compagnes potentielles.

Je restai silencieuse alors que Ragnvald m'étudiait.

— Que se passe-t-il ? De quoi il s'agit ? questionna Sabine en posant son mortier et son pilon.

Maddox fit du surplace près d'elle et elle lui fit un regard acerbe.

Ragnvald me parla directement.

— Comme tu le sais, tous les Berserkers se sont rencontrés au Rassemblement la semaine dernière.

J'acquiesçai.

— De nombreuses choses y ont été décidées, afin que nous gardions la paix entre nos meutes. Dans deux nuits, il y aura une grande compétition. Cela sera un grand tournoi de force, d'aptitude au combat et de puissance. Muriel, tu regarderas les Jeux. Sabine et tous les Alphas seront tous là pour les superviser, mais tu seras l'invité d'honneur.

Il fit une pause comme s'il attendait une réponse.

— Je vois, dis-je, même si je ne comprenais pas. Je suis heureuse d'aller là où le traité le décrète. Comme d'habitude, mes sœurs et moi sommes reconnaissantes de votre hospitalité et de votre protection.

Pas grave que je sois un peu plus qu'une prisonnière, ma capacité à me marier faisait de moi un pion utile pour les négociations entre les meutes en guerre. Si je restais silencieuse et obéissante, je pourrais peut-être gagner un peu plus de libertés. Peut-être que je verrais Fergus durant ces Jeux, et que nous pourrions trouver une autre chance de nous éclipser ensemble pour parler.

— La compétition décidera qui est le meilleur Berserker parmi les deux meutes. Il y a un prix pour le vainqueur.

Je pensai comprendre.

— Tu souhaites que j'assiste à ces Jeux pour que je décerne le prix ?

Les deux Alphas échangèrent un regard. Ragnvald vint là où j'étais assise sur le foyer et s'accroupit devant moi.

— Muriel, tu es le prix, précisa-t-il gentiment. Tu seras donnée au gagnant des Jeux, et il te revendiquera comme compagne.

Pendant un instant, le monde tourna. Le feu brûla trop chaud, mon corps rougit comme de fièvre. Ragnvald parlait encore, mais j'entendis seulement un bruit de bourdonnement. La voix de Fergus flotta jusqu'à ma tête, une promesse chuchotée.

La voix tranchante de Sabine coupa le tintement dans mes oreilles.

— Alors elle est destinée à être donnée comme un trophée ? Liée à vie à un homme qui la gagne dans un concours ? Vous ne pourriez pas lui donner le choix ?

— Nous le ferions si nous le pouvions. C'est ce qui a été décidé après plusieurs nuits de débats, expliqua Ragnvald. L'homme qui la gagnera sera le guerrier le plus puissant de la meute. Il sera digne d'une femme.

— D'une femme. De si jolis mots pour dire « esclave ». Tu pourrais aussi bien mettre aux enchères une pièce de viande, enragea Sabine.

— Sabine, commença Maddox.

Sabine tournoya vers lui.

— Et si elle refuse ?

— Elle ne peut pas refuser. Il n'y a pas d'échappatoires. Vous saviez que cela arrivait. Nous le savions tous, continua Ragnvald de son ton égal et patient.

— Elle pourrait disparaitre dans la nuit. Des choses étranges arrivent.

— Nous la surveillerons attentivement. Les deux meutes ont envoyé des émissaires pour la garder.

— Nous te surveillerons aussi, Sabine. Pour que tu ne l'aides pas à s'enfuir.

Sabine renâcla de dégoût. Se repoussant de la table, elle donna un coup dans la chaise qui tomba sur le sol dans un fracas.

Maddox suivit Sabine autour de la pièce, la suivant comme son ombre alors qu'elle faisait les cent pas de mauvaise humeur.

— Nous partirons demain pour aller à l'endroit où les Jeux se tiendront, m'annonça Ragnvald.

— Si elle déteste le guerrier, peut-elle le refuser ? demanda Sabine.

Ragnvald hésita.

— Elle ne peut pas n'est-ce pas ? Elle pourrait être donnée au loup le plus horrible et brutal de la meute, et ne pouvoir rien faire pour lui échapper. Liée à vie, cracha Sabine amèrement.

Ma langue était encore lourde dans ma bouche, incapable de bouger. Mon cœur me faisait mal. Est-ce que Fergus savait ce qui avait été décidé de mon destin ? Il avait dû en avoir une idée. Peut-être que son intention était de remporter les Jeux.

— Sabine, murmura Maddox en venant derrière sa compagne et glissant ses bras autour d'elle.

Elle se tourna pour lui faire face.

— Ce n'est pas juste.

— C'est aussi équitable qu'on a pu.

— Ça l'est pour tous les guerriers de la meute. Mais pas pour elle.

— Peut-être que Muriel décidera de ça.

Sabine secoua la tête. Avec un dernier regard pour moi, elle courut hors de la pièce, Maddox, suivant de près derrière. Je les entendis murmurer dans leurs quartiers à l'autre extrémité de la hutte.

Je n'avais toujours pas bougé, par contre mes mains étaient blanches là où mes doigts étaient entortillés fermement ensemble.

— Muriel ? As-tu quelque chose à dire ?

— Ma sœur est vraiment en colère.

— Elle souhaite que sa vie ne soit pas dirigée par des forces hors de notre contrôle. C'est une force de la nature, telle une grande rivière déchainée. Parfois, elle déplace les rochers de son chemin. D'autres fois, elle doit tourbillonner autour. Un jour, elle sera assez puissante et rien ne restera sur son passage.

Le magnifique visage de Ragnvald eut un air pensif.

Ma sœur avait de la magie. La prophétie d'une sorcière avait prédit l'existence d'une race spéciale de femmes qui portaient une charge de magie, faisant d'elles des compagnes de premier choix pour les Berserkers. Jusqu'à présent, Sabine et Brenna avaient prouvé que la prophétie était vraie, et ils s'attendaient à ce que Fleur et moi, nous ayons la même aptitude. C'était la raison pour laquelle ils étaient enthousiastes qu'on se marie avec quelqu'un de la meute.

— J'ai toujours su que je devais m'accoupler avec un Berserker, me risquai-je alors que Ragnvald semblait écouter, et s'assit avec un demi-sourire, comme s'il imaginait sa fougueuse compagne. J'espérais que j'aimerais au moins quiconque serait choisi pour être mon compagnon.

— Petite sœur, sache que j'aurais facilité les choses pour toi si j'avais pu. Mais les Jeux satisferont les guerriers des deux meutes. Autrement, il y aurait la guerre entre nous.

Mes sœurs étaient heureuses en couple avec les Alphas de leur meute respective. Sabine, pour toutes ses querelles, aimait Maddox et Ragnvald, et Brenna avait donné naissance à des enfants de ses deux compagnons Alphas. La guerre menacerait l'amour et les vies nouvelles, si fragiles et chères à nous tous.

— Il y a déjà des débats et des conflits internes sur qui devrait être récompensé d'une femme de Berserker. C'est juste une question de temps qu'un guerrier en défie un autre pour toi et qu'ils se battent jusqu'à ce qu'ils se détruisent l'un l'autre. Nous faisons tout ce que nous pouvons pour éviter ça.

— Ils se battraient... pour moi ?

Un sourire passa sur sa bouche face à mon innocence.

— Tu dois comprendre quel espoir tu donnes à ces hommes, Muriel. Tes sœurs et toi êtes les seules femmes que nous avons trouvées pour modérer la malédiction. Tout l'or, toutes les primes pour lesquelles ont combattu ces guerriers durant le siècle dernier, ne sont rien comparés à la chance de gagner ta main en mariage. Crois-moi quand je dis que ces guerriers considèreront être un honneur de combattre et saigner pour toi.

Je ne sus quoi répondre à ça, alors je fixai mes mains, souhaitant être plus courageuse, ou plus forte, ou plus futée comme Sabine.

— Alors quiconque gagne ces Jeux, je devrai le prendre comme compagnon... comme mari ?

— Dans les meutes de loups-garous, un compagnon est davantage qu'un mari ou une femme. Les liens sont plus forts. Cet homme, quiconque il sera, s'engagera envers toi et ta sécurité. Il sera un partenaire dévoué, un protecteur, et un meneur, et il fera tout ce qui est en son pouvoir pour te garder éloigner du danger. Mourra, même pour toi.

Je déglutis fortement. Les Berserkers vivaient comme des guerriers, des mercenaires féroces toujours prêts pour la bataille. Je les avais observés s'entraîner dans leurs camps. Ils combattaient sans cesse, pratiquant, se préparant pour la guerre. Ils étaient brusques et brutaux, se laissant à la violence à tout moment. C'était leur nature.

Je serai donnée à un tel homme.

— Très bien, dis-je finalement. Je comprends. Merci.

— Bien sûr, petite sœur. Nous te surveillerons, et nous ferons tout ce que nous pouvons pour t'aider.

Ragnvald se leva, et je sus qu'il était impatient de se rendre dans sa chambre et de retourner auprès de Sabine. La querelle s'était calmée, et avait laissé place à... d'autres sons.

— Sache ça. Qu'importe le loup qui te gagnera, nous pouvons promettre qu'il te traitera bien. Si ce n'est pas le cas, il ne répondra pas qu'à nous. Les Alphas se réuniront pour décider d'une sentence pour lui, et il sera chanceux si nous le tuons nous-même, plutôt que le donner à la meute pour qu'ils le déchiquètent.

* * *

PLUS TARD CETTE NUIT-LÀ, je me réveillai au son de sévères voix se disputant. Sabine et ses compagnons dormaient à l'opposé de la cabane. Essayant autant que je le puisse de mettre une couverture pour emmitoufler mes oreilles, je surprenais souvent leurs ébats amoureux.

Ce soir-là, il y avait plus de colère que d'amour.

— Tu ne comprends pas, disait Sabine. Les jumelles ne sont pas comme Brenna et moi. Elles ont été couvées, protégées. Nous les avons gardées à tout prix en sécurité.

— Nous ferons la même chose, répondit Ragnvald en paraissant amusé. Tu penses qu'un Berserker ne peut pas protéger sa compagne de tout danger ? Muriel sera plus en sécurité avec un guerrier de la meute qu'avec toute autre créature de cette île.

— J'ai peur de la rage des Berserkers plus que toute autre force.

— Tu n'as peur de rien, petite sorcière, dit Maddox. À notre grande consternation. Nous souhaiterions que tu aies peur de nous. Cela serait plus facile de te faire obéir.

Je l'imaginai le frappant.

— Tu fais du tort à ta sœur, la pensant si faible. Elle est plus forte que tu ne le crois.

— Sa force pourrait la briser. Elle vous obéira et à quel prix ? Pour passer le reste de sa vie enchaînée à une brute...

— Nous nous assurerons qu'elle est bien traitée par quiconque gagne les Jeux. Nous avons besoin qu'elle fasse son devoir.

— Devoir ? C'est une fille...

— Qui a le pouvoir d'apporter équilibre et stabilité à la meute. Ces guerriers ont fait depuis si longtemps sans l'espoir de vivre normalement. Vivre comme des hommes. Ces Jeux leur donnent une chance de concourir pour ce qu'ils désirent plus que tout, dit Maddox.

— Et quand ils verront le plus fort d'entre eux, récompensé d'une femme, ils accepteront son droit sur eux, continua Ragnvald. Autrement, je crains qu'ils ne se mettent en morceaux en se défiant pour la main de Muriel. Les Jeux seront violents, mais pas mortels.

— Nous espérons.

— Ce n'est pas normal. Muriel devrait pouvoir choisir. Peut-être que nous pourrions attendre, et voir si elle est comme Brenna et moi. Muriel n'a peut-être pas la magie qui lui permet de se lier à un compagnon.

— Tu ne sais pas ça.

— Elle n'a jamais été en chaleur, comme je l'ai été, insista Sabine.

— Tu étais un fruit mûr prêt à ce qu'on te cueille. Maddox t'a suivi pendant plusieurs lunes, appréciant ton odeur.

— Torturé plutôt, chuchota Maddox.

— Ce que je veux dire c'est que Muriel n'est peut-être pas capable de former un lien d'accouplement, comme pour Brenna et moi, continua Sabine en semblant mécontente. Nous devrions attendre et voir si ses capacités se développent.

Une longue pause, comme si les Alphas le considéraient.

— Non, répondit finalement Ragnvald. Il n'y a pas de temps pour ça.

— Tout ira bien, Sabine.

— Ce n'est pas juste, dit ma sœur avec un ton de défaite dans sa voix. Elle devrait s'accoupler avec quelqu'un qu'elle peut aimer.

— Peut-être, qu'avec le temps, elle parviendra à aimer celui auquel elle aura été donnée. Après tout, des choses plus étranges sont arrivées. Je me rappelle d'une certaine jeune femme qui aimait s'éloigner de sa maison la nuit, qui a été enlevée par deux guerriers Berserkers. Elle est follement tombée amoureuse d'eux.

— Tu aimerais, loup, répondit Sabine, mais son ton était chaleureux.

Une pause suivit, remplit de doux sons passionnés que j'essayai de ne pas entendre. Quand un gémissement grave s'éleva, je me retournai et fixai ma couverture sur mes oreilles. Malgré mon inquiétude, je souris dans l'obscurité.

* * *

— Muriel, m'aiderais-tu à trier ces herbes ? m'appela Sabine de l'endroit où je fixais le feu.

Mon propre petit sac était rempli et prêt pour notre voyage.

— Je ne sais pas quoi apporter, se tracassa ma sœur au-dessus de la large table.

Depuis notre conversation sur le foyer, elle avait été d'une humeur grincheuse, comme si elle allait être donnée aux Berserkers à ma place. Après une dispute animée, Sabine avait ordonné à ses Alphas de sortir de la cabane et refusé de les laisser revenir. À ma surprise, ils avaient obéi, murmurant qu'ils reviendraient quand ce serait le moment de partir pour les Jeux.

Les Jeux... j'avais passé deux jours à essayer de ne pas penser à mon destin, pourtant mes pensées tourbillonnaient sans fin, revivant la discussion avec Ragnvald et imaginant à quoi ressembleraient les Jeux. Quel guerrier gagnerait ? Dans mes rêves, je ne voyais que le visage de Fergus, ses cheveux roux et ses yeux pétillants alors qu'il venait me réclamer comme sa récompense...

— À quoi penses-tu ? demanda Sabine.

Je haussai les épaules et m'appuyai sur sa table, jouant avec quelques tiges d'angélique séchée. Sabine recouvrit mes mains des siennes.

— Muriel, mes pouvoirs grandissent encore, mais si tu souhaites partir maintenant... dit-elle en baissant la voix un peu plus. Je peux appeler la sorcière Yseult. Ses pouvoirs sont plus grands que les miens. Elle pourrait t'aider à t'échapper.

— Où irais-je ? demandai-je avec un sourire triste.

— N'importe où, loin d'ici. La sorcière pourrait te cacher quelque temps.

Durant un instant, je jouai avec l'idée de m'enfuir avec Fergus. Nous pourrions construire une petite hutte dans un coin oublié de l'île, peut-être près de la mer.

Mon rêve imprudent ne dura qu'une seconde. Il n'y avait aucun coin de la terre où je pourrais me cacher de ces guerriers. Quand ils allaient chasser, ils déchiraient de géants cerfs, de leurs mains nues. Si je m'enfuyais, je serais une proie plus aisée. En plus, je ne permettrais jamais de mettre Fergus en danger. Ils se feraient un plaisir de le détruire.

Personne ne pouvait empêcher ces Berserkers de prendre ce qu'ils voulaient. Et ils me voulaient moi.

Je secouai la tête.

— Je ne peux pas trahir la trêve. J'irai bien, Sabine. Ils ne me maltraiteront pas.

Je fis une ardente prière à la déesse pour que ce soit le cas.

— Je peux faire mon devoir. C'est ce dont a besoin la meute.

— Au diable la meute ! Je souhaiterais que la déesse jette tous les Berserkers dans la mer.

— Non, ce n'est pas vrai. Ils te manqueraient trop. Au moins deux d'entre eux.

— Je ne veux pas que tu sacrifies ta vie.

— Tu l'as fait. Changerais-tu ton destin ?

— Non, répondit Sabine en rongeant sa lèvre. Mais, Muriel, rappelle-toi que ton destin est plus que ton devoir. Tu mérites d'avoir un mari que tu aimes. Je t'ai promis un jour que je t'aiderais à bien te marier, tu te rappelles ?

— Oui, je m'en souviens, dis-je ne pouvant cacher la tristesse de ma voix.

Je savais que j'étais égoïste. Mes sœurs Sabine et Brenna avaient été enlevées contre leur volonté pour devenir des compagnes de Berserkers, et avaient appris à les aimer. Mais étais-je assez forte pour faire la même chose ?

CHAPITRE 2

*L*e jour d'après, les guerriers Berserkers vinrent pour m'escorter jusqu'à l'endroit où les Jeux auraient lieu. C'étaient des hommes de la meute Highland. Je cherchai Fergus, mais il n'était pas parmi eux. Ragnvald et Maddox venaient pour représenter la meute de Lowland, et où qu'ils aillent, leur compagne venait avec eux, alors Sabine venait également. Après les Jeux, elle prendrait du temps pour rendre visite à Brenna et sa nouvelle famille, et soulager Fleur de son devoir de surveiller les bébés.

Je supposai que je pourrais aussi aider, si mon nouveau compagnon le permettait. Mes pensées glissèrent vers Fergus. Aimait-il les enfants ? Les élèverait-il si je mourais en les enfantant ? Ma sœur avait survécu à une naissance difficile, mais Sabine m'avait dit que Brenna avait eu de la magie pour l'aider. Je n'avais pas de magie. Cela ferait-il de moi une compagne inférieure ? Est-ce que le Berserker qui me gagnerait serait déçu et me rejetterait ? Cela menacerait-il la paix ?

Mon estomac bouillonna et mon pied se prit dans mon ourlet, me faisant trébucher.

— Attention, dit l'un des Berserkers en tendant sa main comme pour empêcher ma chute, mais sans toucher.

— Est-ce que ça va ? s'assura Sabine et ses compagnons jetèrent un coup d'œil en arrière.

Je remontai ma robe afin qu'elle ne s'accroche pas à mes bottes.

— Bien, répondis-je et je parvins à sourire.

Après une brève pause, Ragnvald donna l'ordre et nous reprîmes la marche.

Marchant dans l'ombre de deux colonnes jumelles de grands guerriers, je décidai de ne pas penser à ma vie après les Jeux. Je ferai ce voyage, un pas après l'autre.

Nous nous dirigions jusqu'à la Place des Pierres, à mi-chemin entre le foyer de la meute de Lowland et celui de la meute Highland. Le voyage aurait été plus rapide à cheval, mais les animaux ne pouvaient pas supporter d'être proches d'un Berserker. Cela aurait été également plus vite si les Berserkers nous avaient portées, Sabine et moi, comme ils avaient une grande force et une incroyable vitesse. Mais ils ne le pouvaient pas, car je n'étais pas en couple et cela offen-serait mon futur compagnon que les hommes me touchent, ou c'est ce que m'avait expliqué Ragnvald.

La journée était belle et nous étions dans les temps, alors quand Sabine demanda qu'on s'arrête pour manger, ses Alphas acceptèrent. Eux trois s'éclipsèrent ensemble me lais-sant me tenir avec raideur au milieu de ma garde d'honneur. Alors que les guerriers se distribuaient des bouts de viande, je flânai plus près d'un ruisseau à proximité. Ces hommes avaient le meilleur comportement possible, mais je gardai tout de même une distance entre eux et moi, pendant que nous attendions que Sabine finisse avec ses amants. J'étais habituée qu'eux trois disparaissent de cette façon, et je n'y trouvais rien à redire. Ragnvald et Maddox étaient presque devenus fous en attendant leur vraie compagne, celle qui tiendrait la bête enragée en équilibre et leur apporterait la paix. Ils avaient besoin d'une connexion avec Sabine comme avec la nourriture ou l'air, et ma sœur était heureuse de s'exécuter. Quand elle se plaignait de leur possessivité, elle le faisait avec un sourire.

Mes sœurs étaient bien assorties avec des Berserkers, et contentes. Peut-être que je serais aussi chanceuse.

Je trouvai une pierre près du bassin et m'assis, étudiant mon reflet. La peau ni foncée ni pâle, mais hâlée avec de faibles taches de rousseur. De longs cheveux ni très blonds ni noirs, mais un marron grisé. Je n'étais pas petite comme Sabine, ou grande comme Brenna. Il n'y a avait rien d'extraordinaire dans mes traits ou chez ma personne. Sabine avait l'intelligence et Brenna avait le courage, mais je manquais des deux.

Ma main frappa mon reflet. Au moins un guerrier aux cheveux roux m'avait trouvée jolie. Il était bien bâti et fort, et il me voulait.

— Fergus, murmurai-je, en touchant mes cheveux là où j'avais enfilé la fleur blanche. S'il y avait une quelconque magie en moi, je trouverais un moyen de nous lier maintenant.

— Est-ce que notre compagnie te lasse tellement que tu parles à ton propre reflet ? déclara un guerrier aux cheveux blonds qui se profila au-dessus de moi.

Je l'avais remarqué auparavant, il avait une belle apparence, mais un rictus mauvais sur son visage, et il me regardait d'une façon qui me mettait mal à l'aise.

— Je sais. Amusons-nous un peu. Un petit tournoi. N'importe quel homme ici peut me défier.

Je me levai et filai loin du guerrier, sous le faux-semblant d'aller vers un bosquet de baies pour récolter un fruit pour mon déjeuner. Si j'étais chanceuse, je n'attirerais aucune attention importune.

Le guerrier blond fit face au reste de la troupe. Je remarquai qu'aucun d'eux ne croisait son regard, un signe que ce tyran était dominant dans la meute.

— Bien, aller ? Est-ce que personne ne me défiera ? Le gagnant obtient un baiser du prix.

À ces mots, je me raidis. Je n'étais peut-être rien de plus qu'un prix pour ces hommes, mais mes baisers étaient miens à donner. Ce guerrier n'avait aucun droit de les réclamer.

— Le gagnant n'obtiendra rien de moi, laissai-je échapper. Je ne suis pas une catin pouvant être traînée dans vos lits.

Le guerrier blond tournoya et revint vers moi d'un pas raide, et je sus que j'avais fait une erreur. Il s'approcha plus près, avec l'intention de me tourmenter.

— Non ? Dommage. Cela pourrait être mieux pour la meute que tu le fasses. Peut-être que je le suggèrerai au Rassemblement. Nous pourrions te faire circuler et apprécier tes charmes. Pourquoi un homme devrait-il revendiquer ce que nous pourrions tous partager ?

Je me tendis alors qu'il se pencha sur moi, mais je tins bon.

— Mon destin a été décidé.

— Quel dommage. Nous aurions pu nous amuser.

Il fit un pas en avant, trop proche. Mon instinct me dit de courir. Je serrai les poings sur mes flancs et me forçai à ne pas le regarder, ou ne pas l'attaquer le provoquant un peu plus.

— Je doute d'apprécier, déclarai-je en ne pouvant pas arrêter ma langue tranchante.

Sa voix chuta une octave plus bas, mais le ronronnement séducteur ne fit que frissonner ma peau.

— Ce sera un plaisir de te montrer que tu as tort.

— Pas à moins que tu gagnes les Jeux.

Intérieurement, je frémis à l'idée d'être enchaînée à un tel tyran.

Quand je commençai à m'éloigner, il attrapa ma manche d'un grognement.

— Siebold, retentit une voix grave avant que je puisse me défendre. Prends deux loups et patrouille au-devant.

— Mais... protesta la brute en s'immobilisant.

— Maintenant.

Même moi je sentis la poussée de contrainte dans l'ordre. Les Berserkers étaient des loups qui suivaient un Alpha, et un loup plus dominant avait le pouvoir sur un plus faible. Quiconque était ce Siebold, il avait de l'influence sur la plupart des guerriers, mais pas sur tous.

Le blond partit et mon sauveur approcha. Sans réfléchir, je levai les yeux... et les levai encore plus haut. Cet homme était énorme. Grande et large, sa silhouette extrêmement musclée me surplombait, assez pour bloquer le soleil. Ses jambes ressemblaient à des troncs d'arbres, ses bras et ses épaules étirant le justaucorps en cuir qu'il portait. Il n'était pas beau, une cicatrice entaillait ses traits émoussés, et sa barbe grise de trois jours sur son menton était assortie à sa tête rasée, mais il était frappant, puissant. Une force dont tenir compte.

Au dernier moment, je laissai tomber mon regard.

— Le reste d'entre vous, dispersez-vous. Formez un périmètre, ordonna le géant, et le reste de mon escorte obéit.

Il resta, mon unique protecteur.

Doucement, mon corps se détendit. Je ramassai un fruit dans le bosquet de baies pendant que le grand guerrier faisait du surplace à mes côtés.

— Tu ferais mieux de manger plus que des baies, petite, me dit-il en m'offrant une bande de viande séchée.

— Merci, monsieur.

J'acceptai, en faisant attention à ne pas toucher ses doigts. J'avais perdu l'appétit ces derniers temps, mais je remarquai qu'il était revenu. Quand je finis la viande, je décrochai une corne que je portais à ma ceinture, et la remplis avec de l'eau du ruisseau. Le guerrier géant resta à mes côtés, veillant sur moi. Je lui offris la corne en premier. Il fit une pause avant de la prendre.

— Attention, Muriel. Partager un verre avec un guerrier signifie plus pour lui que pour toi.

— Il y a longtemps, quand une femme approchait un homme avec une corne, cela signifiait qu'elle l'avait choisi pour la nuit, expliqua-t-il en réponse à mon regard perplexe. Nous nous rappelons certaines de ces règles des années où nous étions des hommes.

— Je ferai plus attention, monsieur.

Je ne levai pas les yeux au-dessus de la pente au centre de sa poitrine. Les règles de la meute ne permettaient pas aux membres les plus faibles de regarder les plus forts dans les yeux. Le faire était un défi qui pouvait se finir en un combat à mort. Dans de nombreuses meutes, les femelles qui ne pouvaient pas combattre étaient punies pour s'être élevées au-dessus de leur place. En tant que femelle humaine, j'étais plus faible que tout autre, et cet homme était deux fois plus grand et trois fois plus large que moi, le Berserker le plus puissant que j'avais vu. Il pourrait m'écraser d'un seul coup, pourtant je me sentais en sécurité dans son ombre, contrairement à Siebold ou la plupart des autres.

— Regarde-moi, petite, gronda-t-il.

Nerveuse, j'obéis presque aussitôt qu'il donna l'ordre. La cicatrice donnait une apparence brutale à son visage, mais ses yeux gris étaient doux.

— Je pensais... commençai-je en léchant mes lèvres et en cherchant ma voix. On m'a dit que je ne devais regarder aucun loup dans les yeux.

— C'est sage de suivre prudemment cette règle, mais pas avec moi. Jamais avec moi. Mon loup ne te voit pas comme une menace.

Je me sentis comme s'il m'avait dit quelque chose d'important.

— Merci, monsieur, dis-je, en essayant d'être polie.

— Tellement courageuse, continua-t-il avec les yeux gris souriants. Tu t'es bien comportée, en tenant tête à Siebold.

— C'est un tyran, déclarai-je en retroussant mes lèvres.

— Il l'est. Et dangereux. Tu dois faire attention à ne pas l'appâter, à moins que tu sois à proximité de moi.

— Je n'ai jamais été bonne à tenir ma langue.

— Comme j'en ai entendu parler. Tu as été très brave quand les Berserkers t'ont emmenée au début, les interpeller pour sauver la vie de ta sœur, exiger des choses à la meute de Lowland même quand tu étais leur prisonnière.

— Vous avez entendu parler de ça ? demandai-je en clignant des yeux.

— Tous les loups l'ont entendu.

Tendant la main, il glissa une bande de cheveux derrière mes oreilles. Je fis un mouvement brusque en arrière, mon cœur battant plus rapidement. Ce guerrier me faisait paraître petite de toutes les manières. Ses mains pourraient couvrir la largeur de mes hanches, mais quand ses doigts émoussés saisirent une poignée de longues tresses marron, son pouce caressa la mèche brillante de cheveux avec une délicatesse surprenante.

— Mon seigneur... protestai-je, tirant la mèche pour la retirer de son emprise.

La chaleur se répandit sur mon corps comme s'il avait touché ma peau, et mon regard tomba de nouveau sur les muscles burinés de sa poitrine. Les joues brulantes, je ne pouvais supporter de le regarder dans les yeux.

— Wulfgar, envoya-t-il, de l'amusement dans sa voix.

— Mon seigneur Wulfgar, vous ne devriez pas me toucher. Cela déshonorera l'homme qui gagnera ma main.

— Est-ce vrai, petite ? sonda-t-il avec un côté de sa

bouche contracté en un demi-sourire. Alors je ferais mieux de gagner.

* * *

Le jour des Jeux se leva radieux et ensoleillé, mais une tempête grondait dans mon ventre.

Sabine m'avait aidé à me laver la nuit d'avant. Elle avait utilisé des huiles pour adoucir ma peau et mes cheveux, et des herbes pour les parfumer. Une ou deux fois, elle parut sur le point de me parler de quelque chose au-delà de « quelle robe devrais-je porter » ou « quelles fleurs devrait-elle tisser dans mes cheveux », mais je la distrayais avec des bavardages sans intérêt. Je ne pouvais supporter de l'entendre demander comment j'allais, principalement parce que je n'étais pas sûre que je ne craquerais pas et la supplierais de m'aider à m'échapper, même en sachant à quel point c'était stupide.

Je me retrouvai assise avec Sabine et les quatre Alphas sur un rocher géant qui servait comme estrade pour surplomber les Jeux. Brenna et Fleur n'allaient pas y assister. Brenna restait à la maison avec ses jumeaux, et Fleur récupérait de sa fièvre la plus récente. J'enviais presque la maladie de ma jumelle alors que j'étais assise avec raideur, exposée à la vue des guerriers qui concouraient pour ma main. Des grognements firent écho de haut en bas du terrain alors que les Berserkers couraient et s'affrontaient les uns et les autres en une escarmouche dont je ne comprenais pas les règles.

Habituellement, j'aurais aimé être dehors au soleil en une si belle journée, mais je passai la majorité de la matinée à fixer mes mains serrées, ou les berges de fleurs de champs blanches qui étaient alignées le long du terrain de jeu. J'avais encore la fleur que Fergus m'avait donnée près du ruisseau.

— Tu dois regarder, Muriel, me signala Ragnvald en se penchant sur moi. Ils concourent pour ton honneur.

Consciencieusement, je levai le regard, mais mes yeux cherchèrent uniquement une silhouette sur le terrain. Avec ses cheveux roux, Fergus fut facile à trouver, il portait le ruban vert que je lui avais donné, noué autour de son biceps. Il courait sous sa forme humaine, fonçant parmi les autres. Le plus petit et le plus faible de tous les guerriers, il ressemblait à un garçon parmi des hommes.

Mes doigts serrèrent mes jupes alors que je regardais Fergus esquiver et slalomer au travers des guerriers plus grands en taille. Pendant un moment, il s'échappa de la meute, et saisit une peau de porc ronde qu'ils avaient cousue en une balle. Les guerriers poussèrent à toute allure vers lui, le clôturant alors qu'il lançait le ballon à un autre.

— Sais-tu comment ce jeu est joué ? demanda l'un des Alphas liés à ma sœur Brenna, accroupi près de moi.

— Non, mon seigneur.

— Appelle-moi Daegan, petite sœur, sourit-il, et je saisis un aperçu de ses canines allongées.

Même sous leur forme d'homme, les Berserkers gardaient quelques caractéristiques de loup et se mouvaient avec la grâce d'un prédateur.

— Ils concourent à présent comme deux groupes. L'équipe qui fait passer la balle à travers ce but-là, obtient un point, précisa-t-il en montrant du doigt un filet étiré entre un cadre en bois.

Les guerriers s'alignaient maintenant à l'opposé les uns des autres. Maddox avait quitté l'estrade pour superviser le jeu. À son cri et son sifflement perçant, les deux lignes de Berserkers coururent et se fracassèrent l'une sur l'autre.

Baissant le regard, je grimaçai aux sons brutaux.

— Aucun sang ne va couler pour le moment, continua Daegan. N'importe quel joueur pris à utiliser un avantage déloyal comme une arme, une dent ou une griffe, sera disqualifié.

Je m'efforçai de regarder à nouveau. Les femmes des Berserkers ne pouvaient être délicates. Encore et encore, la ligne de guerriers se forma et les hommes s'affrontèrent.

— Comment un gagnant sera-t-il choisi ? demandai-je en gardant un œil sur un certain roux combattant dans la mêlée.

— Ce jeu ne décidera pas de ton compagnon. L'équipe gagnante avancera vers le prochain tournoi et les perdants ne le feront pas. C'est la raison pour laquelle ils jouent avec une telle férocité.

Sur le terrain, l'un des guerriers percuta celui qui tenait la balle. Alors que l'homme tombait, la peau de porc s'envola en l'air. Fergus bondit du sol, semblant voler alors qu'il tendait la main et la saisissait. Quand il atterrit, un groupe de l'autre équipe attendait. Ils se jetèrent sur lui et le roux disparut sous une pile de guerriers avec l'intention d'écraser quiconque tenait la balle. De la poussière voleta, des corps s'évanouirent dans un nœud de membres se débattant.

Haletant, je me dressai sur mes pieds. Est-ce que Fergus ou n'importe quel guerrier pourraient survivre sous le poids de tant de Berserkers ? Mon ventre bouillonna, mais je ne pus détourner les yeux.

Maddox courut vers le tas, faisant des gestes de ses mains en hurlant. Un grand rugissement résonna, et du sang jaillit dans la terre.

— Jeu déloyal, murmura Daegan. Certains guerriers ont laissé la bête les prendre. Je ferais mieux d'aider Maddox.

Se levant de sa position à mes côtés, il sauta de l'estrade et courut jusqu'à l'amas de loups qui s'était transformé en une bagarre. Sans hésitation, Maddox et lui intervinrent, saisissant les Berserkers et les jetant hors du combat. Quelques-uns des guerriers massifs ressemblaient à des monstres, leurs mains au bout de griffes dangereuses, leurs muscles à moitié couverts de fourrure. L'air crépita de magie et les poils de mes bras se dressèrent.

— Muriel, dit Sabine en posant sa main sur mon bras. Ça va. Les Alphas vont s'en occuper. Tu n'as pas à regarder si tu ne veux pas.

— Je le dois, chuchotai-je.

Un de ces hommes serait mon mari. J'avais tellement pensé à épouser Fergus, je n'avais pas réalisé que je serais liée à un Berserker, une brute avec la force d'une centaine d'hommes, et une rage qui se consumait constamment. Une colère que seule je pouvais apaiser, ou c'est ce que racontait la prophétie.

L'étrange brise de magie s'évanouit alors que les Alphas effectuèrent leur travail à réprimer la rage de la bête. Sur le terrain, le nœud d'hommes se défit, la moitié des joueurs s'éloignant en boitillant. Je me détendis quand je vis la tête de Fergus s'agiter avec les autres. Il courut vers son bord avec le reste de ses coéquipiers, ils lancèrent leurs poings en l'air et poussèrent des cris d'encouragement.

— C'est fini, annonça Ragnvald. L'équipe qui a gardé le contrôle de leurs bêtes, et la balle, a gagné. Ceux qui ont pris la forme de la bête sont disqualifiés.

L'équipe de Fergus le souleva sur leurs épaules. Leurs beuglements triomphants secouèrent la montagne.

Je m'affaissai de soulagement sur mon siège, et pressai une main sur mon ventre. Les nerfs m'avaient empêché de manger ces derniers jours, mais mon estomac se serrait. Si je n'étais pas prudente, je m'avérerais être aussi faible que Fleur, ma sœur jumelle, et mettrais en péril les Jeux. Sabine insisterait que les Alphas annulent le tournoi à cause de ma maladie. Ces Berserkers avaient attendu si longtemps la chance d'avoir une femme. Un retard mettrait à rude épreuve la paix entre les meutes.

Non, je devais être forte. Si mon futur mari pouvait endurer ces jeux brutaux, je pouvais supporter de regarder.

Mon ventre se tordit un peu plus alors que le terrain se dégageait pour le prochain jeu. Maddox laissa Daegan superviser les joueurs, et revint. Du sang glissa sur la poitrine tatouée de Maddox, mais je ne pouvais dire si c'était le sien.

Sabine se leva comme si elle allait sauter de l'estrade et se ruer vers lui.

— Reste, petite sorcière, l'appela-t-il. C'est seulement une blessure charnelle.

Un simple bond, et il se tint à côté d'elle sur l'estrade. Ignorant la poussière couvrant ses muscles, elle se pressa près de lui pour examiner sa plaie.

— Comment aimes-tu le tournoi, Muriel ? sonda Maddox.

Mes yeux saisirent la déchirure sur son cou, la blessure sur laquelle Sabine était aux petits soins même si elle guérissait rapidement.

La puanteur du sang, de la sueur et de la magie des Berserkers m'accabla et je dus détourner la tête pour inspirer de l'air sain.

— Muriel ?

— Je suis désolée, m'étouffai-je, et fis un signe vers le soleil. La chaleur de la journée est de trop.

— Ragnvald, peut-être, tu pourrais accompagner Muriel pour une marche en dehors du soleil, suggéra Sabine. Ce n'est pas le seul champ préparé pour jouer.

— Les autres sont des terrains d'entraînement, informa Maddox. Les guerriers souhaitaient Muriel présente ici, afin qu'elle puisse les voir combattre.

— Elle ne leur manquera que pour un court instant. Je resterai et regarderai avec Maddox pour qu'au moment où les joueurs regardent l'estrade ils voient une femme. La plupart de ces guerriers sont si obsédés par le désir qu'ils ne peuvent pas faire la différence entre une femme et une autre, et ne peuvent certainement pas différencier deux sœurs.

— Ils feraient mieux, grogna Maddox, et il attira Sabine complètement contre lui. Je tuerai le loup qui touchera à ma femme.

Sabine désapprouva, mais je pus dire qu'elle était ravie.

— Viens, petite sœur, m'appela Ragnvald.

Nous marchâmes en dehors du champ jusqu'au prochain, en passant des masses de guerriers attendant leur tour aux jeux. Je couvris mes cheveux avec un foulard et gardai mes yeux baissés pour ne pas attirer l'attention, mais c'était inutile.

Alors que nous passions, les guerriers se retournèrent et me fixèrent jusqu'à ce que mes joues soient rouge-écarlate.

— Les loups sont impatients de concourir pour ta main, m'indiqua Ragnvald en faisant un grand geste de la main pour indiquer que je devrais le précéder. Il se maintint à mes côtés, m'escortant au travers des Berserkers.

Il y avait de nombreux types de jeux. Certains couraient dans des courses d'obstacles sous forme de loups. D'autres escaladaient la face abrupte d'un rocher sans corde, où il n'y avait rien pour amortir leur chute s'ils tombaient.

Nous parvînmes au détour d'un virage où le sol trembla d'un bruit similaire au tonnerre, pour trouver des guerriers soulevant des rochers et les lançant aussi loin qu'ils pussent. Ils les jetaient et applaudissaient comme des garçons jouant avec des pierres, seulement les rochers faisaient deux à trois fois leur taille.

À un autre atelier, deux luttaient sur un grand bloc de pierre, leurs muscles se gonflant sous la pression. De la sueur courait en petits ruisseaux le long de leurs poitrines durcies.

— Ils essayent de se pousser l'un l'autre en dehors de la pierre. Le gagnant doit réussir à le faire trois fois.

Alors que je regardais, l'un des guerriers grinça des dents, menaçant de mordre son opposant. Ses griffes grandirent et mordirent le muscle côtelé de l'homme. Du sang se déversa et l'opposant rugit.

— Pourquoi ne cris-tu pas « halte » ? demanda Ragnvald au surveillant. Verser du sang c'est tricher. Il ne faut pas adopter la forme de bête.

— Ils s'entraînent juste, répondit l'observateur d'un haussement d'épaules.

Quelques-uns des spectateurs essayèrent de croiser mon regard, alors je fixai à la place fermement les deux combattants.

Je pris une profonde inspiration. Comment Fergus survivrait-il même à cela ?

— Tout guerrier se transformant sous sa forme de bête sera automatiquement disqualifié. Une partie des jeux est de prouver son contrôle. Cela ne le fera pas pour nous de récompenser un Berserker avec une compagne, uniquement pour réaliser qu'il est parti trop loin pour être sauvé.

Je lus la signification finement voilée : un Berserker qui ne pouvait pas contrôler sa bête ne serait pas fiable pour avoir une femme. Si la bête se libérait, je ne survivrais pas à la nuit de noces.

— La bataille finale sera un combat, un contre un, continua Ragnvald. Un combat à mains nues. Nous autoriserons alors la forme de bête. Le gagnant remportera tout.

Le gagnant te remportera, voulait-il dire. Durant mes dix-huit années, je n'aurais jamais imaginé que la vie mènerait à ça, un tournoi de jeux brutaux où j'étais le prix final. Je m'étais attendue à vivre ma vie dans un village et à me marier à un fermier. Il m'aimerait, mais ne me convoiterait pas tel un mourant désespéré de trouver une cure.

Avec une main planant sur mon coude, Ragnvald m'escorta de retour vers l'estrade.

— Ne sois pas surprise si ton futur compagnon saisit l'occasion de rabaisser son opposant. Ces Jeux comptent comme un défi pour la domination.

Il aurait aussi bien pu discuter des détails d'une chasse, mais je compris l'avertissement. La compétition finale serait un combat à mort.

* * *

Je regardai et écoutai les Alphas expliquer les tournois aussi bien qu'ils purent, mais ne pus empêcher mes mains de se serrer plus fort sur mes genoux. Fergus gagna une course à pied et réussit à se qualifier lors d'un défi ridicule qui consistait à déchirer un jeune arbre par ses racines et le jeter telle une lance dans une cible peinte sur une pierre debout. Il excellait aux jeux en groupe, où sa vitesse faisait de lui un avantage pour son équipe, et une cible pour l'équipe opposée. Je retins mon souffle alors qu'il courait de haut en bas du terrain, en frappant une balle ronde. Les Berserkers essayèrent de l'arrêter, se percutant les uns les autres.

Pendant un instant, j'eus un violent espoir que mon guerrier roux batte peut-être le reste et gagne, mais le désastre frappa à mi-chemin du sport en équipe. Quelques-uns de l'équipe opposée mirent un point d'honneur à cibler Fergus et à le renverser. Il se dégagea et esquiva, et atteignit le but, où, triomphant, il mit la balle.

Il ne vit pas son attaquant arriver, pas jusqu'à ce que l'homme le frappe comme un rocher. La tête et le torse de Fergus se cambrèrent vers l'arrière, la balle volant de ses mains. Le moment d'après, j'étais debout. L'attaquant de Fergus partit à grandes enjambées, laissant le roux effondré sur le sol.

— Jeu déloyal, murmura Ragnvald. Le but était déjà attribué.

— Il aura une pénalité pour ça, mais cela n'aidera pas le petit loup, indiqua Maddox.

— Fergus, son nom est Fergus, informa Daegan en indiquant le guerrier à terre. Ça va, Muriel. Il se change en sa forme de loup pour guérir plus vite.

— Ira-t-il bien ?

La queue couverte de rouge et blanc disparut dans la forêt. Je tendis la tête, mais je ne pus le voir s'éclipser.

— Il ira bien. Les Berserkers peuvent supporter la plupart des blessures.

— Reviendra-t-il ? demandai-je, même si je pensai connaître la réponse.

— Non, confirma Maddox après une pause. Il est disqualifié.

Je fis un hochement de tête rigide et me réinstallai pour regarder le terrain, même si je vis à peine l'action. Sabine n'arrêta pas de lancer des regards inquiets dans ma direction.

Le champ se troubla une ou deux fois, mais je prétendis que c'était le soleil couchant qui m'aveuglait.

Au final, deux guerriers restèrent. Ils prirent leur place sur le terrain. Je réalisai, avec choc, que les deux étaient familiers, Siebold, le tyran blond, et Wulfgar, le guerrier balafré qui avait veillé sur moi.

— Qui sont ces loups ? s'enquit Sabine.

Elle avait bougé son siège plus près de moi. Ragnvald était assis à ses côtés, et Maddox se tenait au pied de l'estrade, prêt à se précipiter pour superviser les jeux, si nécessaire.

— Le mastodonte marqué est appelé Wulfgar. Il est venu de Norvège avec le reste de la meute, indiqua Ragnvald.

— Je connais Wulfgar. C'est un bon guerrier, ajouta Maddox. Probablement le plus grand combattant de la meute. Ils l'appellent « L'Exécuteur ».

— Pourquoi ? demanda Sabine, ses yeux toujours fixés sur le guerrier à la tête rasée.

— Parce que quand les Alphas des Highlands ont besoin de ramener l'ordre dans la meute, ils font appel à lui. Il est compétent pour tuer des loups.

— La seule chose qui peut tuer un Berserker est un autre Berserker, murmura Ragnvald.

— Je vois, dit brusquement Sabine, après avoir jeté un coup d'œil dans ma direction. Et qui est l'autre ?

— Le nom de l'autre est Siebold. Il ... grimaça Maddox en secouant la tête.

— Prie pour que Wulfgar gagne, déclara Ragnvald à la place.

J'envoyai mes prières à la déesse. Daegan souleva un tissu rouge et le laissa tomber, le signal que le tournoi final commençait. Le temps ralentit et mon battement de cœur fit un grand bruit sourd contre ma poitrine alors que les deux opposants décrivaient des cercles. De la magie ondula dans l'air, et les guerriers ne furent plus des hommes, mais de grandes bêtes, prenant de la place avec des membres à fourrure et d'énormes pattes avec de féroces griffes au bout.

Les monstres se déchirèrent l'un l'autre. Je ne sus pas lequel était lequel. Une griffe saisit l'une des épaules de la bête, coupant à travers la chair. Du sang jaillit sur le sol et je tressaillis. Les guerriers hurlèrent.

— Le premier coup à Siebold, déclara Maddox.

Après ça, je ne m'embêtai plus à regarder. Tant pis si cela leur laissait croire que j'étais trop faible et délicate pour regarder. J'avais bandé des plaies auparavant et aidé Sabine à remettre un os cassé, mais je ne pouvais supporter la violence insensée de ce Jeu final. Tout ce carnage juste pour gagner ma main.

Si la paix n'était pas accrochée dans la balance, je me serais mise debout et serais partie. Ne pouvant pas le faire, je pris de profondes inspirations pour me calmer, et dis à mon estomac agité de bien se tenir.

Je m'étonnai quand un grand guerrier s'accroupit devant moi. Samuel, un Viking de l'ancien temps, Alpha de la Meute Highland, et l'un des consorts de ma sœur Brenna. Il se pencha proche de moi, comme pour m'offrir une corne d'eau.

— Tu n'as pas à faire ça, déclara-t-il.

Il semblait triste.

À mes côtés, Sabine agrippa mon bras plus fort.

— Que veux-tu dire ? demanda-t-elle à ma place.

— Quand les Jeux seront finis, nous pouvons tous demander un nouveau Rassemblement. Le gagnant se sentira trompé, mais ils se laisseront convaincre.

J'avais entendu dire que le compagnon de Brenna, Samuel, avait des moments de sensibilité.

— Cela voudra-t-il dire la guerre ? questionnai-je avec la voix un peu rauque. Entre les meutes ?

— Ces hommes partent d'un bon sentiment, hésita-t-il. Ils ont combattu leurs bêtes pendant si longtemps, mais la présence de tes sœurs et toi a amené de l'espoir. Cela peut être suffisant pour les aider à passer le cap le temps que nous trouvions davantage de femmes qui peuvent s'accoupler avec eux. Brenna s'est disputée avec moi ces dernières semaines, me disant qu'il y a de meilleures façons de choisir un compagnon pour toi.

Je le fixai, me demandant pourquoi il avait attendu jusqu'à maintenant, avec les bruits du tournoi final retentissant sous le ciel du crépuscule, pour me donner le choix. Pour l'absoudre de sa culpabilité ? Que se passerait-il si j'acceptais ? Un autre Rassemblement, davantage de pression sur la patience de ces courageux guerriers, sur leur mince emprise sur leur nature sauvage ? Au pire, quelques-uns pourraient perdre le contrôle, et puis quoi ? Un grand combat ? Des gens mouraient. Fergus pourrait mourir.

— L'as-tu entendu, Muriel ? Tu n'as pas à prendre le

gagnant en tant que compagnon contre ta volonté, encouragea Sabine.

— Si, je le dois, répondis-je en trouvant tant bien que mal la force de parler. Tu sais que je le dois.

— Muriel... commença Sabine, et je la coupai.

— Non, ma sœur. Je ferai mon devoir, sinon pour le bien de la meute, alors pour Brenna et toi, et vos futurs enfants.

La paix devait être gardée, à n'importe quel prix. Même au prix de mon cœur.

Ma sœur devint silencieuse.

Samuel me regarda de manière solennelle. Sabine m'avait parlé de lui, que le Viking était le plus sage des Berserkers, un chef et un érudit, aussi bien qu'un combattant mortel. Je sentis que je volerais en éclats sous son regard.

Finalement, il hocha la tête et m'offrit la corne, que je pris et bus pour étancher ma soif. Ce n'était pas de l'eau, mais de l'hydromel et cela brula tout le long.

Un autre rugissement de la foule. J'essayai de ne pas entendre les grognements et grondements désespérés, et les bruits dégoutants mouillés de dents et de griffes déchirant la chair.

J'empoignai la corne, risquant uniquement un coup d'œil de plus vers le champ. Des volutes de poussière dissimulaient les deux silhouettes se battant. Les fleurs seraient parties, remarquai-je, écrasées sous le combat. Est-ce que l'herbe pousserait de nouveau à l'endroit où le sol était trempé de sang ?

Un grand rugissement et un bruit métallique d'une hache sur une lame. Mes doigts étaient blancs au niveau des jointures sur la corne.

— Nous avons un gagnant, annonça Daegan. Avance-toi guerrier, et demande ta récompense.

Du coin de l'œil, je vis Sabine se lever, sa bouche ouverte

et je sus qu'elle allait essayer de faire cesser les Jeux en mon nom. Tout serait perdu.

Je bondis sur mes pieds avant qu'elle ne puisse dire quoique ce soit.

— Le butin va au vainqueur, criai-je, tenant haut la corne.

À ma surprise, les guerriers Berserkers acceptèrent ma déclaration.

La chair de poule courut tout le long de mes bras alors qu'ils répondaient d'une seule voix inquiétante.

— Le butin va au vainqueur.

Ignorant les frissons dans mon corps, amenés par une brise étrange, je marchai à grandes enjambées depuis l'estrade et j'aurais chuté si Maddox n'était là pour m'aider jusqu'au sol. Une fois là, je perdis presque mon courage, mais un regard aux Alphas se tenant sur l'estrade et je sus que je ne pouvais retourner sous leur protection. D'une certaine manière, j'avais invoqué la magie de la meute et à présent, j'étais prise dans un rituel. Je n'osai rompre le sort et risquer d'enlever le peu de cérémonie restant à ces hommes violents.

Avec le vent dans mon dos, je laissai mes pieds me porter vers le terrain. La foule de guerriers se sépara pour que je passe. Quelques-uns étaient sous leur forme de bête, j'en étais sûre, pourtant je n'osai pas regarder de près alors que je passais. La puanteur de sang était suspendue dans l'air.

Entre les rangs de guerriers Berserkers, je vis une forme recroquevillée sur le sol, cachée par la poussière du combat. Alors que je m'approchai, je ne pus pas encore reconnaître l'amas difforme de peau, de plaies et de fourrure. Une main géante se souleva du paquet sanglant, avec trois longues griffes dangereuses. La quatrième étant cassée.

Je déglutis de la bile à cette vue, et au léger bruit de respiration bruyante. Le guerrier n'était pas mort, mais, presque. Comme Ragnvald l'avait dit, la défaite venait au prix fort.

Puis je vis le vainqueur.

Wulfgar se tenait avec la tête baissée et la poitrine se soulevant. Son opposant avait fait une entaille sanglante de l'épaule à la hanche opposée, déchirant le muscle. La marque de lacération allait avec l'ancienne cicatrice gâchant ses traits émoussés. Ses cheveux courts étaient couverts de poussière et de sueur. Néanmoins, il était debout.

— Je déclare Wulfgar le gagnant légitime des jeux, annonça Maddox derrière moi.

De la poussière s'éleva à nouveau alors que les guerriers piétinaient de leurs pieds et applaudissaient. Je les ignorai tous.

Serrant la corne tel un talisman de protection, je marchai directement vers le guerrier géant. De la sueur glissait de ses traits et de ses larges muscles.

— Votre prix, mon seigneur, dis-je avec des mains qui tremblèrent un peu alors que je levais la corne, mais mon ton lui, parut confiant.

Cette fois, Wulfgar n'hésita pas à prendre ce que j'offrais. Enveloppant une grande main sur la mienne, il souleva la corne, je m'étirai sur la pointe des pieds et bus. Ses yeux ne quittant jamais les miens.

Quand la corne fut vidée, le rugissement triomphant des Berserkers parvint finalement à mes oreilles et je chancelai. Il toucha mon bras et me stabilisa.

— Ma dame.

Sa main s'installa sur ma nuque, et la caressa gentiment. Ses doigts rugueux glissèrent sur ma douce peau avec une noble vénération, et sous mes émotions engourdies je sentis une lueur de vie.

Si les Alphas firent des discours, je ne les entendis pas. Je vis à peine les visages des guerriers qui nous faisaient face, ou entendis à peine leurs cris. Tout le triomphe et la défaite étaient lessivés par l'ombre protectrice du géant guerrier qui était à présent mon compagnon.

Avec une main sur ma taille, il me conduisit au loin et les guerriers s'écartèrent devant lui. Je n'osai pas regarder à droite ou à gauche jusqu'au moment où nous atteignîmes le bord du terrain, et puis j'errai. Je regardai dans la forêt et vis le mouvement dans le taillis où un loup rouge avait filé en douce.

Ma botte rattrapa ma belle robe et je trébuchai.

Sans s'arrêter, Wulfgar m'attrapa dans ses bras puissants. Recourbée contre sa forte poitrine, je serrai un grand bras et me forçai à ne pas trembler alors que je saisis un aperçu de sa sévère contenance. Lui avais-je déjà déplu ? Il ne voulait certainement pas que je regarde d'autres loups. J'attendis, mais il ne parla pas. Me berçant gentiment, il ne cassa pas sa foulée alors qu'il plongeait dans l'obscurité entre les arbres.

CHAPITRE 3

*N*ous atteignîmes une cabane dans les bois alors que la dernière lumière du jour s'effaçait. Des torches avec des bouts de brai brulaient à l'extérieur. Wulfgar me porta au-dessus du seuil, et seulement alors, me posa sur les planches taillées de manière irrégulière, qui constituaient le sol.

En plus des torches à l'extérieur, l'intérieur de l'habitation avait été apprêté pour nous. Le feu dans le foyer brulait avec une fumée âcre et, à côté, des outres de vin et un bol rempli de ragoût étaient posés. Je vis même une trousse d'herbes curatives que je pouvais utiliser pour nettoyer les blessures de Wulfgar.

Une grande partie de la hutte était occupée par un lit massif. La vue du matelas moelleux hautement entassé avec des peaux me fit faire une pause.

Je chancelai un peu.

— Muriel, dit le guerrier géant en me maintenant.

Je jetai en coup d'œil vers le bas et vis que la belle robe que je portais était tachée de sang. Dans l'espace intime, Wulfgar puait.

— Nous devons laver cette plaie, déclarai-je avec les mains papillonnant sur l'entaille dans sa poitrine musclée. Me porter a empiré la déchirure.

— Cela valait le coup, annonça-t-il à voix basse, et la chaleur se répandit en moi.

— Je, uh, peux faire un cataplasme... j'ai juste besoin d'eau.

— Je vais revenir dans un moment, dit Wulfgar en ramassant un seau près de la porte.

Il semblait y avoir plus d'air dans la cabane quand le grand guerrier partit. C'était assez embêtant que le lit prenne la majorité de la place dans l'unique pièce. Il n'y avait aucun autre endroit pour s'asseoir, même pas près du feu. Une fois que Wulfgar serait propre et pansé, il pourrait très bien me déshabiller et me prendre sur les peaux. Irait-il doucement et s'assurera-t-il que j'apprécie ? Ou vite, me baisant comme un animal ?

— *Arrête ça,* me grondai-je. Ne pense pas trop en avant.

Stupide, je n'avais pas réalisé ce que signifiait être unie à un Berserker. Au moins, j'avais été donnée à Wulfgar et non Siebold.

Cela aurait pu être Fergus, je pensai, et la douleur fendit mon cœur. Il était jeune et adorable, et j'aurais pu l'aimer pour toujours, mais je ne pouvais pas me permettre d'y penser. Tout de suite, je devais apprendre à aimer ce guerrier brutal. Un jour, je m'autoriserai à faire le deuil de Fergus et ce que nous aurions pu avoir.

Une ombre bougea à ma gauche et je sursautai. Wulfgar bougeait silencieusement pour un guerrier si large.

— Ma dame, dit-il en touchant ma robe, à présent rigide à cause du sang.

De l'eau perla de son énorme bras et je réalisai qu'il s'était lavé dans le ruisseau. Il souleva le seau.

— Je peux aller chercher plus d'eau, si tu souhaites te

baigner. Par contre, j'ai bien peur que ta toge ne soit trop tachée pour être sauvée.

— C'est rien.

— S'il te plait, Muriel. L'odeur du sang appelle la bête.

À ces mots, j'enlevai mon accoutrement et le jetai par la porte. Mon fourreau était constitué de lin naturel à la couleur unie, mais c'était suffisant pour recouvrir ma silhouette. Les yeux de Wulfgar me suivirent comme si j'étais habillée de la plus belle soie moulante, mais c'était mieux que s'il perdait le contrôle.

Je fis face au feu pendant un instant pour reprendre le contrôle sur mes nerfs.

— Je vais examiner votre blessure, si vous vous asseyez.

Mon cœur martela plus rapidement quand je l'entendis s'installer sur le lit.

D'une manière ou d'une autre, je réussis à traverser la hutte pour me tenir devant lui. Alors que je m'affairais, je gardai les yeux sur sa large poitrine, étudiant les marques et les cicatrices de toute une vie de combats et de bagarres. Sa vie entière se trouvait sous mes doigts, cartographiée sur le muscle ferme. Les Berserkers furent créés par la malédiction d'une sorcière il y a longtemps. Qui était cet homme ? Quelle vieille douleur se cachait sous ces cicatrices et les lignes de son visage ?

L'entaille courait profondément sur son cœur, mais les extrémités les plus superficielles étaient déjà en train de se fermer. Je fis courir mes doigts recouverts d'un baume médicinal sur les pires endroits. À un moment, je dus extraire un morceau de la griffe de Siebold, toujours coincée dans la chair de Wulfgar. Le guerrier ne tressaillit même pas. Pourtant, quand je caressai l'arête d'une vieille cicatrice plus bas sur son abdomen, il frissonna et ses hanches firent une fois un mouvement brusque.

J'arrêtai immédiatement mon examen.

— Pardonne-moi, petite, dit-il d'une voix rude avec ses yeux dorés m'épinglant. Cela fait longtemps et la bête a été proche de la surface toute la journée.

— Que devrais-je faire ? chuchotai-je.

— Sois immobile un instant.

Il se pencha plus proche, son souffle remuant mes cheveux. Je me tins immobile, comme une proie espérant qu'un prédateur passe à côté. Après un moment, il s'assit en arrière avec un soupir.

— C'est bon. S'il te plait, continue.

— Si vous vous mettez debout, je pourrai nouer le bandage.

Du soulagement coula en moi quand il s'éloigna en dehors du lit.

J'eus une pensée mauvaise. Est-ce que Wulfgar s'attendrait à ce que je sache déjà comment satisfaire un homme ? Mes sœurs m'avaient donné des instructions, quelques-unes très franches et d'autres plus déroutantes. Et si mon nouveau compagnon était déçu de moi ?

— Tu n'as pas besoin d'avoir peur de moi, dit-il, et je bondis presque.

— Pourquoi pas ? demandai-je en gardant un ton léger, la tête penchée sur mon travail. Le reste de la meute a peur de toi. Ou le devrait, après t'avoir vu réduire Siebold en bouillie.

Alors que je tendais le bras pour les herbes, il saisit mon poignet.

— Les Jeux étaient nécessaires. Et équitables. Siebold savait dans quoi il s'embarquait.

— Siebold est un tyran.

Quand Fergus avait été plaqué, le blond se tenait sur la ligne de touche, en rigolant.

— Il l'est.

— Alors il méritait ce qu'il a eu.

Il me laissa finir de m'occuper de sa blessure en silence.

Quand j'eus fini de ranger le cataplasme, il se leva et fit rouler ses épaules, testant les liens.

— Merci, petite.

Je me penchai pour emballer les bandages inutilisés.

— Cela aurait guéri sans mes herbes. L'entaille était déjà en train de se fermer.

— La magie qui fait de nous ce que nous sommes nous permet de guérir beaucoup plus vite, mais mes pouvoirs étaient concentrés sur le combat aujourd'hui. Et je crois que Siebold a utilisé du poison.

— Du poison ? m'exclamai-je en regardant la griffe avec horreur.

— Pas un mortel, mais une sorte irritante dans lequel il pourrait tremper sa griffe, expliqua-t-il en haussant les épaules. Pas vraiment contre les règles, mais cela retardera la guérison.

Ma haine pour la brute blonde augmenta, tout comme mon entente avec le guerrier au visage émoussé.

— C'est horrible. J'aurais aimé que vous ayez eu un opposant plus honorable.

— Pas moi, répondit-il. Si Siebold avait été honorable, je n'aurais pas eu autant de plaisir dans sa défaite.

Je me souvins de la pulpe sanglante sur le terrain, et toute connexion que j'avais sentie avec mon nouveau compagnon, disparu.

— Et, de toute façon, tes bons soins sont toujours bienvenus, déclara Wulfgar en éclaircissant sa gorge. Cela fait longtemps qu'une femme ne s'est pas occupée de moi.

Je hochai la tête et détalai vers le foyer pour mettre de la distance entre nous. Mon pied percuta le bol de ragoût et le dessus s'enleva d'un cliquetis, remplissant la cabane d'une odeur riche au bon gout de viande. Quiconque avait préparé la hutte pour nous, nous avait laissé un repas.

— Il y a de la nourriture, si vous souhaitez manger.

Mon estomac faisant des nœuds, je touchai à peine à mon diner pendant qu'il démolissait deux plâtrées. Mis à part traverser la pièce pour le servir, je restai près du foyer aussi loin de lui et du lit que je pouvais l'être.

Quand il finit enfin, je pris une profonde inspiration. C'était le moment d'agir, avant que je ne craque.

Je me mis debout, je fis passer le fourreau au-dessus de ma tête et le laissai tomber au sol. Me tenant avec ma forme nue baignée uniquement de la lumière du feu, mon menton se leva.

— Si cela vous fait plaisir, je suis prête, mon seigneur, annonçai-je sans empêcher ma voix de se briser.

Au début, Wulfgar ne fit rien du tout. Quand il se mit finalement debout, je tressaillis et il s'arrêta de nouveau. D'un pas lent et mesuré me rappelant celui d'un chasseur, il avança.

Il me toucha le visage et je réalisai que je pleurais.

— Oh, m'exclamai-je en faisant un pas en arrière et baissant la tête pour enlever les quelques larmes. Je suis désolée. Je suis une idiote. Ça a juste été une longue journée... et je ne suis pas très courageuse.

S'asseyant sur le lit, il m'attira entre ses jambes. Je me détendis dans sa chaleur, même si je frémis encore.

— Je pense que ça a été une longue journée et que la meilleure chose pour nous est de dormir.

Mes épaules tombèrent. Je l'avais déjà déçu. Je commençai à rouspéter et il me coupa.

— J'ai besoin de repos autant que toi.

— Pardonnez-moi...

— Je n'ai pas besoin de tes excuses, dit-il doucement. Et même si je suis reconnaissant de ta ... bonne volonté, je pense qu'il serait mieux pour nous de faire les choses à un rythme plus lent. Nous avons une vie entière ensemble, après tout.

— D'ac... d'accord.

— Promets-moi une chose, commença-t-il en soulevant mon menton avec son doigt. Tu ne penseras pas de toi que tu es une lâche. Cela demande beaucoup de courage de se dévêtir devant un étranger, un guerrier que tu as vu tout juste battre ses adversaires. Des opposants qui ne sont même pas des ennemis, mais des confrères de meute qui n'ont rien fait de mal à part concourir pour avoir ta main en mariage.

Je déglutis. Wulfgar avait laissé Siebold à peine plus qu'un sac de peau et d'os trempés de sang.

— Ils guériront, par contre, n'est-ce pas ?

— Oui. Tu n'as pas besoin de t'inquiéter pour eux. Nous aurions tous fait n'importe quoi pour te remporter.

Il laissa alors tomber sa tête, reposant son front contre le mien.

Ses doigts se serrèrent sur mon bras. Je restai très silencieuse, l'écoutant respirer.

Quand il leva sa tête, ses yeux étaient d'un doré brillant.

— Cela serait sage que tu ne parles pas aux autres hommes de la meute à nouveau. Pour ce soir, au moins. Ma bête est excitée d'avoir gagné la bataille et prête à finir la traque.

Je déglutis fortement. Je ne demandai pas qui était la proie.

— Je ne te ferai jamais de mal et je jure que je ferai de mon mieux pour être doux, mais tu es mienne à présent, Muriel. Et je ne te laisserai jamais partir.

* * *

Tard cette nuit, j'étais étendue près de mon nouveau mari, avec mes larmes coulant sur les peaux. Encore et encore, je vis tomber Fergus. Au moins, il n'avait pas été tué, me dis-je.

À mes côtés, Wulfgar dormait comme les morts. Essuyant mes joues humides, je me levai et allai vers le feu. J'avais tressé la petite fleur que Fergus m'avait donnée, dans une bande que je portais autour de mon poignet. Je la brisai et la mise au feu. Je ne pouvais retourner dans le passé, seulement vers l'avant.

— Au revoir Fergus, chuchotai-je, et je retournai au lit avec mon nouveau compagnon, qui ne bougea pas.

* * *

À UN CERTAIN moment dans la nuit, Wulfgar quitta le lit, car je me réveillai quelques fois et il n'était plus allongé à côté de moi. Le feu dans le foyer resta bien animé, et dans la délicieuse chaleur, je me rendormis.

Je rêvai d'un feu montant et me consumant dans le lit, jusqu'à ce que je me pose au centre de l'embrasement, mais ma peau ne brula pas. Les flammes devinrent des mains qui caressaient ma chair nue et glissaient sur mon ventre pour écarter mes jambes. Des doigts caressèrent ma hanche et massèrent mes jambes et mes fesses.

Le feu tourna en une grossière pelouse marécageuse contre mon dos.

Mes yeux papillonnèrent pour s'ouvrir. Il y avait un homme derrière moi, faisant courir ses mains sur ma chair dénudée, en remuant le feu à l'intérieur.

Depuis que j'avais rencontré Fergus, j'avais souvent imaginé un homme me tenant et me touchant exactement comme ça. Je n'avais pas oublié les évènements d'hier, je savais que ce n'était pas Fergus, mais tout de même, je pouvais faire semblant…

Fermant à nouveau mes yeux, je laissai les doigts mener mon excitation plus haut. Mon nouvel amant savait la façon dont me toucher, comment explorer les courbes soyeuses de mon corps et décrire des cercles toujours plus près de mes zones les plus sensibles, gardant mon souffle tendu.

— S'il vous plait, soupirai-je quand les doigts calleux plongèrent entre mes jambes, caressant la fine peau de mes cuisses.

Je passai sur mon dos et mes jambes s'ouvrirent pour l'inviter.

— C'est ce que tu veux, petite ? demanda une voix rude, à peine reconnaissable comme celle d'un homme.

La bête du Berserker était proche de prendre le contrôle, mais je m'en foutais.

Des lèvres touchèrent le derrière de mon cou et glissèrent jusqu'à mon épaule. Je ravalai mon souffle alors que des canines percèrent ma peau. La bête voulait mordre, me marquer. À ce moment, j'étais disposée à saigner, si seulement la main n'arrêtait pas son mouvement entre mes jambes.

Pressant contre la poitrine ferme dans mon dos, j'écartai mes jambes davantage, et en pliai une en l'air. Le pouce courut le long de ma lèvre inférieure, envoyant des frissons en moi. Mon centre entier était enflé et prêt, palpitant. Des doigts trempèrent dans ma chaleur humide et étalèrent mon miel sur les pétales de mon sexe. Mes hanches firent un mouvement brusque. Un second bras serpenta autour de ma taille, me faisant rougir contre le long corps fort.

Si je fermais les yeux, je pouvais prétendre être avec Fergus, et avec personne d'autre.

La main entre mes jambes commença à s'affairer, la paume frottant contre le haut de mon sexe, envoyant de petites étincelles irradiant en moi.

— Oui, soupirai-je.

Des dents éraflèrent mon épaule sensible. D'une certaine manière, la menace de la douleur se mélangea avec l'arrivée du plaisir et me poussa plus près du précipice.

Un gémissement grave sonna dans mes oreilles, vibrant en profondeur dans ma poitrine. Mon corps n'était pas le mien, il appartenait à la main se mouvant sans relâche entre mes jambes.

J'agrippai le poignet d'une main, mais mon amant était trop fort. Des canines piquèrent ma chair, quand mon orgasme me submergea.

Mon cri haletant disparut alors que l'homme derrière moi pressait ses lèvres sur ma nuque. Je roulai sur mon dos, le nom de Wulfgar sur mes lèvres. Ma voix s'éteignit alors que Fergus souriait en me regardant.

— Bonjour, Muriel, dit-il.

— Comment... commençai-je d'une voix encore obstruée de sommeil et ma langue lente à retrouver de la contenance après tant de plaisir. Je jetai un coup d'œil vers la porte.

— J'ai pensé que j'entrerais en douce et passerais la matinée avec toi.

Je me relevai, de la peur glaciale se déversant en moi, expulsant toute chaleur.

— Fergus, tu ne peux pas être là, protestai-je en poussant sa poitrine et il saisit ma main, puis l'embrassa.

— Tu souhaites que je parte ?

Mes yeux ne fixèrent que la porte.

— S'il te plait. Tu dois partir. Tu dois t'enfuir. C'est mal, tellement mal.

— Muriel...

Tordant mon bras pour le retirer, je chancelai nue hors du lit. Une nuit et j'avais déjà trahi Wulfgar. Qu'est-ce que mon compagnon à qui j'avais été donnée dirait quand il reviendrait et trouverait le petit loup roux dans le lit de sa nouvelle compagne ? Wulfgar avait laissé Siebold dans un bain de sang sur le terrain.

S'il attrapait Fergus, le plus petit roux ne survivrait pas.

— Ma douce, calme-toi.

Je reculai sur mes pieds nus.

— Tu dois partir. Je suis désolée. J'appartiens à un autre à présent. Je ne briserai pas mes vœux. La paix est en jeu.

La porte derrière moi craqua en s'ouvrant. Le regard de Fergus alla vers le plancher qui s'agita un peu alors que Wulfgar entrait.

— Muriel.

— Mon seigneur, m'exclamai-je en tournoyant. Je suis désolée.

Mon estomac se serra comme si un poing géant le pressait. Les yeux piquants, je suppliai, du mieux que je pus.

— S'il vous plait, s'il vous plait ne lui faites pas de mal.

— Que se passe-t-il ? demanda Wulfgar qui regarda de moi jusqu'au lit, puis Fergus.

— Ce fut ma faute, chuchotai-je à peine capable. Je l'ai encouragé, lui ai fait croire...

Wulfgar ne parla pas, son visage était de marbre. Le craquement derrière moi me dit que Fergus était sorti du lit, venant vers moi.

Ses mains saisirent mes hanches et commencèrent à me mettre sur le côté.

— Muriel, tout va bien.

— Tu t'es couché avec elle ? dit finalement Wulfgar.

— S'il vous plait, suppliai-je en me jetant entre Fergus et l'énorme guerrier. S'il vous plait, aillez pitié. C'est ma faute. Il est le premier Berserker que j'ai connu et je suis tombée amoureuse de lui. C'était idiot, stupide. Je ne savais pas que j'allais être un prix dans les Jeux.

Durant un instant tendu, Wulfgar ne dit rien. J'eus une violente pensée de moi-même tombant à genoux pour supplier, et Wulfgar bondissant au-dessus de moi et étripant Fergus comme il l'avait fait avec Siebold. Ce que je ferais n'importerait pas. Le géant guerrier pouvait facilement me balayer sur le côté pour tuer son rival.

— Tu es plus que simplement un prix, Muriel, gronda

Wulfgar. Ton opinion importe. J'ouvris la bouche, puis la fermai parce que je ne sus que dire.

— Tiens-tu à lui alors ? demanda Wulfgar, faisant un mouvement brusque de sa tête en direction de Fergus.

— Je... Oui. Je tiendrai toujours à lui. Mais je suis votre compagne à présent. Je le sais. J'accomplirai mon devoir et vous serai fidèle. J'ai été faible. S'il vous plait, ne le tuez pas.

— Tout va bien, Muriel, souffla Fergus en remuant mes cheveux.

Si je n'étais pas si inquiète, je dirais qu'il semblait amusé.

— Il ne me tuera pas.

J'essayai de lui dire de s'enfuir, mais les mots se coincèrent dans ma gorge alors qu'il se mettait doucement hors du passage et approchait Wulfgar.

— En effet, répondit Wulfgar avec un brin d'amusement. Je ne te tuerai pas, mais tu ne vivras pas longtemps si tu ne te rappelles pas de surveiller ses arrières à proximité de Siebold et ses potes.

Sa main s'ouvrit en grand pour donner une claque à Fergus, mais le jeune loup esquiva. Je m'exclamai, mais quand Fergus se redressa, il souriait.

— Qu'est-ce que je t'ai dit, au sujet de taquiner cette brute blonde ? grogna Wulfgar. C'est une bonne chose que tu sois rapide comme un lapin couard.

— C'est bon de te voir aussi, vieux loup grincheux. J'étais inquiet. Personne ne t'a appris à esquiver avant de parer ? Une bonne chose que ta tête soit faite de granite, autrement tu n'aurais pas survécu, déclara Fergus, et quand Wulfgar grogna et le frappa, il virevolta légèrement en reculant.

Ma bouche était grande ouverte alors que je les regardais prétendre de se disputer.

— Assez, dit Wulfgar et repoussa Fergus. Va faire des provisions pour le feu.

Avant que je puisse cligner des yeux, le géant guerrier

avait traversé la pièce et m'avait enveloppée dans une peau. Avec sa silhouette massive, je ne cessais d'oublier à quelle vitesse il pouvait bouger.

— Nous avons une compagne à présent, continua-t-il, tirant la peau autour de moi avec ses douces mains, et rouspétant quand il vit mes pieds nus sur le sol froid. Seulement à ce moment, je réalisai que je frissonnais et que ma respiration était suspendue comme de la fumée dans l'air glacial. Me soulevant aisément, Wulfgar me porta jusqu'au lit.

— Nous devons prendre mieux soin de toi.

— Quelqu'un devrait lui expliquer comment les liens des Berserkers fonctionnent, balança Fergus en faisant un regard éloquent à Wulfgar.

— Que se passe-t-il ? demandai-je en les regardant l'un après l'autre.

— Tu pensais que je le tuerais à revendiquer ma femme avant moi ? interrogea Wulfgar.

J'acquiesçai, comme je pouvais à peine parler.

— N'importe quel autre loup, je le ferais. Mais Fergus et moi partageons un lien, assez similaire à celui des compagnons Alphas de tes sœurs, expliqua Wulfgar. Nous partageons tout.

— Tout, répéta Fergus.

Quand je le regardai, il agita ses sourcils pour moi.

— Par contre, continua Wulfgar en fronçant les sourcils en direction du plus jeune loup. Je devrais casser net son cou, car ton premier plaisir m'appartenait.

Je m'exclamai.

— Il plaisante, Muriel, me rassura Fergus en faisant face à Wulfgar. Pas ma faute que t'aies quitté le lit.

— Elle avait besoin de sommeil.

— Elle s'est assez facilement réveillée pour moi, titilla Fergus avec un sourire suffisant.

Wulfgar grogna et commença à bouger, j'attrapai automatiquement son bras baraqué. Mes mains étaient aussi fragiles que des pétales de fleurs sur un grand tronc côtelé d'arbre, mais je le fis s'immobiliser.

— Tu plaides pour sa vie ? questionna Wulfgar en fronçant à moitié les sourcils, et je tremblotai même si je sus qu'il se moquait de moi.

— Ma douce, il m'embêtait, m'expliqua Fergus en venant sur le lit, ayant encore un regard amusé. Es-tu encore effrayée ?

— Je ne... Je ne sais pas.

Un nœud dans ma poitrine se défit et déclencha mes larmes.

Wulfgar me laissa aller et Fergus prit sa place.

— Tout va bien, Muriel, fredonna-t-il. Pleure un bon coup.

M'accrochant à lui, c'est ce que je fis. Mes sanglots libérèrent toutes les émotions tendues que j'avais enfermées aux Jeux, la pression qui avait pesé sur moi depuis que Ragnvald m'avait parlé de mon rôle.

Pendant tout le temps, Fergus me berça, chuchotant des choses réconfortantes. Wulfgar fit également du surplace, de l'inquiétude sur son visage balafré.

Finalement, je me baissai en arrière et essuyai mon visage. Je ne devrais pas pleurer. Aucune de mes sœurs ne montrerait une telle faiblesse. J'étais une promise de Berserker à présent.

Je croisai les bras sur ma poitrine, à l'endroit où la peau avait glissé, exposant mes seins. Wulfgar remarqua mon embarras et me tendit mon fourreau.

— À quoi ça sert ? demanda Fergus avec une grimace moqueuse. Nous l'aiderons à en sortir bien assez tôt.

— Cela dépend de notre compagne, déclara Wulfgar. Cela peut lui prendre un ou deux jours pour être confortable avec nous.

— T'as pas peur de nous, n'est-ce pas, Muriel ?

— Non, répondis-je en risquant un sourire.

— Tu m'aimes, affirma-t-il avec un sourire satisfait. T'peux pas le nier. J't'ai entendue.

— Je pensais que t'allais mourir, précisai-je en rougissant.

— Il menace de casser net mon cou une fois par jour, mais c'est seulement pour rire. Les frères d'armes partagent un lien plus proche que celui avec le reste de la meute.

— Seulement un loup taré attaquerait son frère, ajouta Wulfgar. Et puis seulement après que le lien soit sectionné.

— Une si jolie discussion pour une matinée de noces, gloussa Fergus.

Son ton plaisantin illumina mon humeur, comme le fit la protection supplémentaire de mon fourreau serré contre ma poitrine nue.

Je ne ratai pas l'excitation sur les deux visages des guerriers, ou la façon dont leur regard parcourait mes courbes à peine couvertes.

— Quand es-tu arrivé ?

— Je suis venu ici la nuit dernière, mais vous étiez tous les deux endormis. J'ai monté la garde un moment, mais une fois que Wulfgar a quitté le lit, je n'pouvais résister à prendre sa place.

— Quelle heure est-il ?

— Midi passé. Tu as dormi la moitié de la journée. Enfin, dormi et fait d'autres choses.

— Tu as pris ton temps à nous rejoindre, Fergus, grogna Wulfgar.

— Je pensais passer un peu de temps dans la meute, pour apprendre comment Siebold prévoit de te voler Muriel.

Je levai la tête d'inquiétude, mais aucun des guerriers ne semblait surpris.

— Penses-tu qu'il viendra bientôt pour chercher sa vengeance ? demanda Wulfgar.

— Il récupère encore, mais il a des amis dans la meute, annonça Fergus en haussant les épaules.

— Il manigance quelque chose, prédit Wulfgar en secouant la tête.

— S'il pensait te défier pour ta haute place dans la meute, la baston que tu lui as donnée a éliminé cette pensée de sa tête, rétorqua Fergus en semblant enjoué pour un sujet si violent.

Comme d'habitude, Wulfgar remarqua mon malaise face à la discussion trop vive.

— Fergus, calma-t-il, mais ses yeux étaient sur moi.

— Je vais bien, assurai-je en penchant la tête, laissant mes cheveux tomber sur mon visage. La meute est différente de ce dont j'ai l'habitude.

— Un nouveau monde. Et tu es courageuse d'y entrer.

Je n'avais pas eu le choix, mais je ne le fis pas remarquer.

— Alors, vous êtes tous les deux mes compagnons ? demandai-je en regardant un guerrier, puis l'autre.

— Les Alphas ont une théorie que sans compagne disponible, nous avons formé des liens fraternels pour nous supporter au travers des siècles. Maintenant que nous t'avons trouvée, nous pouvons te revendiquer ensemble. Notre lien signifie que nous pouvons partager sans nous disputer.

— Cela veut dire que nous te partagerons, ajouta Fergus en me faisant un clin d'œil, et je déglutis.

J'étais impatiente de revoir le Highlander à nouveau nu, cette fois sans le pagne... mais deux hommes ? En même temps ? Je touchai mes joues, me demandant si elles étaient devenues écarlates au travers du rideau de mes cheveux.

— Fergus, peux-tu aller chercher de l'eau ? grogna Wulfgar, et il jeta un seau dans sa tête. Alors que le jeune guerrier partait en allongeant le pas, Wulfgar se leva et vérifia le feu. Je pris ce moment d'intimité pour m'habiller et remercier mon compagnon balafré quand il me lança mes bottes.

Il resta de l'autre côté de la pièce par rapport à moi, me laissant de l'espace et se déplaçant sans la vitesse qui me coupait le souffle.

— Vérifierais-tu mes coupures ?

Je traversai jusqu'à lui et défis les bandages. Les blessures guérissaient bien, certaines d'entre elles parties entièrement, disparues en des marques rouges à peine visibles. Je nettoyai et bandai les plus moches d'entre elles afin qu'elles ne suppurent pas, avant de les envelopper à nouveau. Pour ça, au moins, j'étais compétente. J'avais appris de Sabine et elle était toujours rapide avec la critique quand je faisais quelque chose mal.

Alors que je finissais, je réalisai que j'avais passé un certain nombre de minutes aux côtés de mon géant compagnon, silencieuse et complètement confortable. Mon regard fit un mouvement brusque vers lui et quand il me sourit, je rougis.

— Tu dois me penser tellement stupide, marmonnai-je.

— Jamais, murmura-t-il, m'attrapant le bras et me menant devant lui. Je n'aime pas t'entendre te qualifier de « stupide ». Pour la meute et moi, tu sembles être la plus belle femme.

— Un prix à remporter, essayai-je de plaisanter, et je ne pus pas vraiment.

— Tu es plus qu'une possession. Tu es une femme, avec un cœur. Je promets de m'en occuper avec attention, déclara-t-il en fronçant les sourcils. Muriel, à quel point tes sœurs t'ont expliqué ce que c'est d'être liée à un Berserker ?

— Elles m'ont parlé de la façon dont je pouvais m'étendre avec un homme. Elles m'ont dit comment je pouvais concevoir. Elles ont mentionné que leurs deux compagnons les partageaient, mais... m'éteignis-je en essayant de me rappeler le conseil que Sabine m'avait donné, mais tout ce dont je me souvenais, c'était la douce expression sur son visage quand elle décrivit le lien d'accouplement, suivi par une explication sur les bites des hommes et la chaleur des femmes.

À un moment, elle se souvint d'une fois où Maddox et Ragnvald l'avaient énervée, et son enseignement devint un coup de gueule furieux du genre « faire entendre ma voix et refuser de céder », ce qui se transforma en un autre coup de gueule sur l'injustice des Jeux. Elle était alors partie furieuse pour « trouver ces monstres et leur dire que cela ne se passera pas ». Elle revint quelques heures plus tard, les cheveux ébouriffés et le visage rougi, mais les traits sereins.

Dans l'ensemble, cela avait été une séance confuse, et à présent, en face de ce puissant guerrier, un quelconque conseil utile s'envola de mon esprit.

— Je... Je souhaiterais en savoir plus.

— C'est pas grave, déclara-t-il en tirant les cheveux en arrière, hors de mon visage. Quand le moment viendra, cela sera un honneur de t'apprendre.

La porte s'ouvrit en claquant avec l'arrivée de Fergus.

— Voilà ton eau. Et la meute a laissé de la nourriture dehors. Tout un festin. Ils ne s'attendent pas à ce qu'on parte pour un moment.

Fergus agita ses sourcils et je rougis une nouvelle fois.

Les deux guerriers me proposèrent de rester à l'intérieur pendant qu'ils amenaient une petite table chargée de galettes d'avoine, de sanglier rôti, de volaille et de légumes racines cuits dans une sauce à la figue. Mon estomac grogna.

— Mangeons, alors, fit Wulfgar d'un geste aussitôt que Fergus eut amené deux chaises à l'intérieur.

Je suivis les guerriers jusqu'à la table, une main sur mon ventre pour arrêter ses légers barattages. Wulfgar voulait manger, alors je mangerais, afin que ce soir je fasse de mon mieux pour satisfaire mes deux compagnons.

Les deux hommes s'assirent, mais l'absence d'une troisième chaise me coupa court.

— Assieds-toi ici, Muriel, indiqua Fergus en tapotant son genou.

Abandonnant l'espoir pour le reste de la journée que mes joues seraient autre chose que rouge écarlate, je me perchai sur son genou.

— Tout va bien, chérie, murmura-t-il avec ses bras puissants qui me berçaient, valant la peine de mon embarras. Cette semaine, c'est pour que tu apprennes à connaître tes maris, et la façon dont nous satisfaire. D'ici la fin, tu seras habituée à toutes nos attentions, et les apprécieras même.

— Je suis contente de votre attention, dis-je avec mon corps picotant alors que je posais mon bras autour de son cou pour me stabiliser.

— Bien. Un jour, tu sauras qu'avant de t'asseoir pour diner avec nous, tu dois être aussi dénudée que nous sommes habillés.

— Quoi... commençai-je en jetant un regard vers Wulfgar pour avoir confirmation.

Le grand guerrier souriait, mais ne le niait pas.

— Déshabille-toi, Muriel, exigea fermement Fergus.

— Qu'en est-il si quelqu'un rentre ? protestai-je avec la bouche qui tomba bée.

— Personne ne nous dérangera. S'ils le font, fais confiance à tes compagnons pour assurer ta sécurité.

Je fronçai les sourcils, mais cela semblait peu pour l'encourager. Après tout, je portais seulement un fourreau. Fergus m'aida à la retirer par-dessus ma tête.

— Dans le futur, quand tu hésites à obéir, tu seras punie.

— Punie ?

Il hocha gravement la tête, une lueur excitée dans l'œil.

— Rien de trop sévère et rien qui ne te blesse de manière permanente, s'exprima tout haut Wulfgar. Mais c'est un grand plaisir pour un loup d'amener sa compagne à obéir.

Ils semblaient tous les deux contents, et je n'étais pas sûre qu'ils plaisantaient. Je décidai d'attendre et de demander à Fergus plus tard, en privé.

Acquiesçant, je me rassis sur le genou de Fergus. Le reste du repas, nous nous amusâmes. Fergus me traita comme si j'étais totalement habillée, mais l'ardent regard des hommes sur ma silhouette nue me garda plus chaude que le foyer enflammé. Après avoir placé une corne à mes lèvres pour que je boive, Fergus me nourrit de bouts de choix de ses propres doigts, ne me laissant toucher aucune nourriture.

Après quelques gorgées hydromel, je gloussai et mangeai comme si c'était un jeu spirituel.

Fergus tint une prune pour que je la morde et ses jus s'échappèrent le long de mon menton, glissant sur ma poitrine. Il saisit ma main avant que je puisse les balayer de mes doigts, et à la place, pencha sa tête pour les lécher sur ma peau. Sa langue chassa une perle de liquide sucré presque jusqu'à la crevasse entre mes seins. Ma tête tomba en arrière alors que sa barbe éraflait ma peau tendre, envoyant d'étranges, mais plaisants frissons en moi. Quand il leva la tête, des gouttelettes de jus de prune étaient accrochées à ses lèvres et à sa grossière barbe rousse de trois jours. Il m'embrassa et je découvris une nouvelle façon de manger mon fruit préféré.

Quand nos bouches se séparèrent, je réalisai que la dure bosse sous ma jambe devenait plus grosse.

Fergus était vraiment le plus bel homme que j'avais jamais vu. Je caressai ses cheveux roux sablonneux et il fit trainer ses doigts de haut en bas de mon dos dénudé, pressant un baiser sur mon épaule. Je léchai ses doigts alors qu'il passait plus de nourriture dans ma bouche, rigolant quand il embrassait mon oreille et la chatouillait avec sa barbe.

— Assez, dis-je. Je suis pleine.

Je tendis la main pour la corne à la place et Wulfgar fit un bruit de désaccord. Fergus la mit plus loin.

— Pas plus de ça, ma douce.

— Je suis toujours adorable. Jamais insolente. Je fais toujours comme on me dit, boudai-je.

L'hydromel que j'avais bu fit un peu tourner la pièce.

— Ah bon ? murmura Fergus. Alors je vais devoir te donner beaucoup d'ordres. Fais-moi un baiser, Muriel.

Il n'avait pas à me le dire deux fois. Après ce qui sembla des heures sur ses genoux, taquinée par ses doigts et ses lèvres astucieuses, je ne voulais que plus. Je pressai ma bouche sur la sienne, goutant la prune et l'hydromel.

— Sucré, déclarai-je en léchant mes lèvres. Et acide.

Sa main se serra dans mes cheveux et il l'utilisa pour pencher ma tête, contrôlant le baiser. Quand il se sépara, son souffle caressa mon visage.

— Mon frère d'armes se sent mis de côté, annonça-t-il. Pourquoi n'allons-nous pas lui montrer à quel point tu es reconnaissante qu'il ait gagné les Jeux ?

Je ne compris pas au début, mais Fergus inclina son corps pour que je voie Wulfgar, observant depuis l'autre côté de la table avec un léger sourire.

Hochant la tête, je me mis sur mes pieds. Plus je m'approchais du guerrier, plus il semblait grand. Pourtant ses yeux étaient gentils. Pourquoi avais-je été si effrayée par lui ?

Je posai ma main le long de la mâchoire mal rasée, étudiant les lignes rugueuses de son visage. Avais-je pensé un jour qu'il était laid ? Il y avait quelque chose de captivant dans ses lèvres, dans ses yeux, même dans sa cicatrice. Il n'était pas beau à regarder, pas vraiment. Mais son apparence était tout de même plaisante.

— Je vais t'embrasser, chuchotai-je.

Ses yeux se plissèrent en un quasi-sourire, mais il ne bougea pas. Même ses bras restèrent relâchés sur les côtés alors que je me penchai et posai mes lèvres sur les siennes. C'était le premier baiser où je fus totalement au contrôle.

J'inclinai ma tête et utilisai mes lèvres pour l'amadouer dans la douceur. Mes tétons devinrent durs et je désirai presser mon corps contre son grand torse et soulager leur picotement.

Au lieu de ça, je me reculai pour regarder son expression.

— L'ai-je bien fait ?

— Parfaitement bien, gloussa-t-il ce qui me réchauffa jusqu'à mes orteils. À présent, Fergus va te donner ta récompense.

— Muriel, viens t'asseoir devant moi.

Le guerrier roux m'attendit sur le lit. Il se décala vers l'arrière quand je vins, faisant de la place pour moi, pour que je me blottisse sur ses genoux en face de Wulfgar. Une fois que je fus en position, Fergus sépara mes jambes.

— Laisse-les là où je les place ou tu seras punie.

— Punie ? demandai-je alors que mes genoux avaient déjà commencé à dériver pour se refermer. Comment ?

— Fergus te pliera sur le lit et te fessera le cul nu, précisa Wulfgar de son siège près du feu.

Il but dans une corne, appréciant le spectacle.

— Quoi ? m'étonnai-je en tendant ma tête pour cligner des yeux en regardant le jeune homme. Tu ferais ça ?

— Oh oui. Et je l'apprécierais. T'entendre haleter et supplier, regarder ton cul devenir chaud et rouge pour moi.

À nouveau, je ne sus pas s'ils plaisantaient, alors je fis juste ce qu'ils dirent et laissai mes jambes retomber en position ouverte.

— Plus écartées, grinça Wulfgar depuis sa chaise.

Il se pencha en avant, des coudes aux genoux, regardant si intensément l'endroit entre mes jambes que je voulus partir en me tortillant.

— Là, ma douce, je vais t'aider, dit Fergus en attachant ma jambe sur ses genoux, les tenant écartés.

Je réalisai que Wulfgar pourrait tout voir de moi. Ramassant une peau, je la tins contre ma poitrine dénudée.

— Pas de ça, protesta Fergus en retirant ma maigre couverture. Tu ne te cacheras jamais de nous.

— Mais, personne ne m'a jamais vue comme ça.

— Tout va bien. Nous sommes tes compagnons. Personne ne t'a jamais touchée aussi, n'est-ce pas, ma douce ?

Les doigts de Fergus frôlèrent ma poitrine nue, se posèrent sur mon ventre où ils grattèrent légèrement, comme si j'étais un luth et qu'il était un grand joueur.

— Non, soufflai-je.

— Et autre que nous, personne ne le fera jamais, grogna Wulfgar.

Il ne regardait pas passivement. Son corps entier était tendu, se penchant en avant avec une laisse invisible le retenant. Mon cœur bégaya dans ma poitrine alors que je regardais le prédateur se lever dans ses yeux.

— J'ai tué pour moins.

— Tu vois, Muriel, me calma Fergus. Tu es en sécurité avec nous. Nous ne laisserons rien t'arriver.

— Mais...

— Chut, à présent, et laisse-moi te donner du plaisir.

Les doigts de Fergus reprirent leur danse sur ma peau, tout en moi se mit à rugir de vie.

— Te rappelles-tu ce que je t'ai appris, Fergus ? demanda Wulfgar avec une voix qui semblait sous tension.

— Ouais, maintenant, Muriel, détends-toi, souffla Fergus dans mon oreille alors que sa main lissait le haut de ma cuisse et descendit vers le centre.

Je me tendis automatiquement, commençant à fermer mes jambes avant de me rappeler son ordre.

— Respire, Muriel, ordonna Wulfgar. Bien et profondément. Dedans... et dehors.

Me concentrant sur ses ordres, cela détourna mon attention un moment.

Avec des doigts fourchus, Fergus frotta doucement de haut en bas mes lèvres inférieures. Je gémis.

— Wulfgar va regarder pendant que je te donne du plaisir. Aimerais-tu ça ? chuchota Fergus.

— Oui.

— Aimes-tu nous rendre heureux ? Veux-tu satisfaire tes compagnons ? continua-t-il en me caressant, sa voix, un murmure hypnotique dans mon oreille.

— Oui, soupirai-je, m'abandonnant à la sensation, la tension se développant en moi, un désir. Mes hanches s'arquèrent vers ses caresses.

— Nous allons te revendiquer de toutes les manières possibles, pour que tu saches que tu es nôtre.

— S'il te plait.

— S'il te plait, quoi, petite ?

— S'il te plait, revendiquez-moi. Je veux vous appartenir.

Des dents mordillèrent mon oreille, suivies par une langue pour laper la douleur. Ses doigts ne s'arrêtèrent jamais de bouger.

Un son grave remplit la cabane et je réalisai que c'était moi. Je gémissais. Mes jambes se tendirent contre les siennes et il les écarta encore plus.

— Supplie-moi, ma douce. Implore pour ce que tu veux.

— Je veux... commençai-je et mes hanches s'ébranlèrent dans l'air.

Je ne sus pas que vouloir, à part ses caresses parfaites en continu.

Wulfgar regardait à distance, ses yeux étincelants. Je voulais me lever, belle et désirée, et aller vers lui. Je tourbillonnerais et danserais pour avoir ses faveurs. Je voulais plaire à mes compagnons.

— Que veux-tu, Muriel ? Devrais-je arrêter ? demanda Fergus avec la main qui s'immobilisa et je la saisis.

— Non...

— Non ? Tu ne fais pas de demande ici, Muriel. Nous dirigeons.

— S'il te plait, ne t'arrête pas. Fais ce que tu veux.

Je pensai désespérément à ce qu'il voulait entendre.

— Je suis vôtre.

— C'est la façon dont tu prendras ton plaisir, toujours, gloussa-t-il en rafales dans mon oreille. De nos mains. Désespérée et suppliante. Tu imploreras, à chaque fois et tu désireras que l'on te remplisse. Et puis, seulement alors, nous te donnerons ta libération.

— Non, protestai-je d'une voix qui s'évanouit. S'il vous plait. S'il vous plait, je dois... j'ai besoin...

La pression entre mes jambes se développa, devint trop grande pour être retenue par mon corps svelte. La voix grinçante et ferme de Fergus, et les caresses continues transformèrent mon corps en un vaisseau rempli de désir, prêt à déborder.

— Elle s'approche, grogna Wulfgar.

Un cri passionné remplit mes oreilles, et après une seconde, je réalisai qu'il provenait de moi.

— Jouis pour moi, Muriel. Jouis maintenant, ordonna Fergus, et je me brisai contre son corps, faisant un mouvement brusque telle une feuille prise dans une tempête.

Ses bras musclés me maintinrent alors même que ses doigts pinçaient mes tétons et baisaient ma chatte, faisant venir mon orgasme encore et encore.

Quand enfin je m'immobilisai, de la sueur brilla sur ma chair dénudée. Fergus me nourrit de ses doigts mouillés et je ne protestai pas les léchant pour les nettoyer.

— Tu n'as pas tenu très longtemps. J'avais espéré te garder

au bord pendant un moment. Nous aurons à travailler sur ça, petite.

Je m'effondrai contre sa poitrine.

— Bien joué, dit Wulfgar à Fergus. Avec le temps, tu apprendras ses signes afin que tu puisses l'amener au bord et l'y garder, la stimulant toujours plus haut. Le plus longtemps elle attend, le plus intense sera son orgasme.

— Si je la laisse rapidement jouir, puis-je la stimuler à nouveau ?

— Oui, mais très doucement. Ses tissus sont sensibles à toucher.

Fergus caressa mes plis encore une fois et mon bas fit à moitié un spasme.

— Tu vois ? Il y a des façons pour continuer à lui donner du plaisir, mais nous avons le temps de les explorer. Aujourd'hui est à peine le commencement, continua Wulfgar. Place le talon de ta main sur elle et presse légèrement. Retiens-la, couchée. Et tiens-la toujours après coup. Dans ces moments, elle est en paix et la plus réceptive à tes caresses.

— Elle est toujours réceptive à mes caresses, n'est-ce pas ma douce ? questionna Fergus en faisant trainer ses doigts le long du haut de mes cuisses.

Je frissonnai, mais il prit simplement le sommet de mes jambes, me tenant comme Wulfgar l'avait conseillé. Totalement étreinte et chérie, je flottai dans les bras de mon jeune amant.

La porte claqua alors que Wulfgar sortait de la hutte, me réveillant en sursaut.

— Est-ce le moment pour que je vous donne du plaisir ?

— Bientôt, ma douce, répondit Fergus en bougeant un peu plus loin dans le lit, se couchant avec moi bordée devant lui.

— Mais pas quand tu es autant sous l'emprise de la boisson. Nous voulons ta présence d'esprit avec toi quand nous te revendiquerons, afin que tu puisses te souvenir de tout ce que tu apprends.

Je me blottis contre lui, bâillant même si j'avais dormi la majorité de la journée.

— Si je n'apprends pas assez rapidement, me punirez-vous ?

— Peut-être, rigola-t-il en posant sa bite sur mon cul. Mais ces punitions, tu les apprécieras.

CHAPITRE 4

Quand je me réveillai à nouveau, ce fut aux murmures de mes guerriers. Leurs voix semblaient étranges, résonnantes et lointaines.

— Il bouge déjà dans la meute, gagnant du soutien, dit Wulfgar, et d'une manière ou d'une autre, je sus qu'il parlait de Siebold. Nous devons compléter le lien d'accouplement, le plus tôt sera le mieux. Je souhaite pouvoir prouver que nous sommes liés, au cas où il me défierait.

— Il ne te challengera sûrement pas totalement, pas après que tu l'as battu.

— Pas pour la domination. Mais il fera valoir son argument comme quoi il pourrait être le réel compagnon de Muriel.

— Impossible, renâcla Fergus. Cet idiot ne pourrait pas se lier avec une chèvre excitée, même pas avec une bite dans le cul.

— Toi et moi, nous le savons, mais la meute...

— La meute le sait aussi.

— La meute s'en fout de savoir si Siebold a une chance ou pas, mais une fois qu'il met l'idée dans leurs têtes, ils se demanderont s'ils pourraient avoir une chance d'essayer de s'accoupler avec elle, continua Wulfgar avec patience. Ils protesteront contre les Jeux. Les Alphas pourraient ne pas avoir le choix de tester notre lien d'accouplement, et de transmettre Muriel s'il ne se maintient pas.

— Jamais, protesta Fergus d'un juron. Je les tuerai tous pour la garder ou mourrai en essayant.

— Comme je le ferais. Nous devons nous assurer que nous n'en arriverons pas à là.

— Alors nous nous lions à elle, déclara Fergus alors que je l'imaginais hausser des épaules. Elle nous veut. Nous la voulons. Qu'est-ce qui nous empêche de nous accoupler ?

— Elle te veut, toi. Elle a encore peur de moi. Elle m'a vu comme un monstre.

— Elle changera d'avis.

— N'oublie jamais, Fergus, il y a une bête en nous qui veut se libérer. Nous ne devons jamais perdre le contrôle, même quand elle vient à connaître cette partie de nous et l'accepte.

Wulfgar fit une pause.

— Elle est réveillée.

— Muriel ? sonda-t-il alors que la porte s'ouvrait en crissant quand il entra dans la cabane. Ouvre tes yeux, ma douce. C'est le moment d'un autre repas.

Il ne fit aucune mention de ce dont ils parlaient. Mon estomac se tordait de peur à la pensée des plans de Siebold, mais je gardai mon expression vierge.

— Bonjour, dis-je en m'étirant pour sortir du lit, et la vue de ma silhouette nue dans les peaux sembla le distraire de mon écoute indiscrète.

Fergus tomba sur moi, se tenant en l'air avec les mains de chaque côté de mes épaules et se baissant doucement sur moi. Sa bouche vint à la mienne et son baiser me fit oublier toutes les choses perturbantes que j'avais entendues.

— C'est pas le matin, mais tard dans l'après-midi.

— Cela semble être un nouveau jour, souris-je. En plus, cela ne peut pas être l'après-midi. Tout ce que j'ai fait c'est manger et dormir.

— C'est à ça que servent les premiers jours, précisa Wulfgar. Pour vivre ensemble et apprendre à se connaître les uns les autres.

— Et baiser, ajouta Fergus d'un sourire.

— Nous n'avons pas fait ça.

— Pas encore, rectifia-t-il en se repoussant et m'aidant à me lever, me conduisant à la table encore chargée de nourriture.

— Viens t'asseoir avec moi, petite, exigea Wulfgar en poussant sa chaise en arrière pour faire de la place. C'est mon tour de te nourrir.

En hésitant à peine, j'obéis. Avec mes mains sur mes genoux, je m'équilibrai sur le genou du guerrier géant, ouvrant ma bouche pour lui comme un petit oiseau pour qu'il mette de la nourriture à l'intérieur.

Fergus et Wulfgar discutèrent de la qualité de la viande et de l'hydromel, et ne parlèrent pas de Siebold à nouveau.

Alors que la nourriture tombait dans mon ventre et que la brume se dissipait, ce dont ils avaient parlé me pénétra. Nous devions former un lien d'accouplement et il semblait que le temps était essentiel. J'aurais voulu avoir une de mes sœurs avec qui en discuter.

— *Apprendre à se connaître*, Wulfgar avait dit.

C'était mon devoir.

— Comment vous êtes-vous rencontrés tous les deux ? demandai-je à la pause suivante dans la conversation.

— Il y a longtemps, répondit Fergus, après que Wulfgar et lui ont échangé des regards amusés.

— Quel âge avez-vous ?

— J'avais seize ans quand j'ai été Transformé.

85

— Je pense que t'avais plutôt quinze ans, grogna Wulfgar en désaccord.

— J'étais maigre, argumenta Fergus, puis s'adressant de nouveau à moi. Mon maître ne me nourrissait jamais. Un groupe de Berserkers m'a vu me faire battre. J'étais un esclave.

— Il a tenu tête à son maître, cependant, ajouta Wulfgar. Défendu une femme et a pris sa place sous les poings de son maître. Je suis intervenu pour arrêter ça.

— Plus tard cette nuit-là, mon maître est venu faire d'autres choses, me faire des choses pires et je me suis défendu. Il m'a mis un coup de couteau, m'a renvoyé et m'a laissé pour mort. Wulfgar a croisé mon corps et m'a Transformé.

Remarquant que la coupe de Wulfgar était vide, je soulevai le pichet et le resservis après son hochement de tête.

— Je pensais que la Transformation provenait de la malédiction d'une sorcière ?

— Parfois, un homme mordu par l'un d'entre nous est transformé en monstre.

— Vous n'êtes pas des monstres, les défendis-je.

— Non ? répéta Wulfgar alors que de la douleur traversait son visage.

Je me rappelai la bête de Wulfgar, l'horreur entre homme et loup, se tenant au-dessus de la forme mutilée de ses ennemis, et je serrai la chope sur ma poitrine.

Fergus s'équilibra sur les pieds arrière de son siège, fasciné par son propre récit.

— Quand je me suis réveillé, j'étais Transformé. Je pouvais courir comme un loup. Wulfgar m'a appris à me battre et la manière d'appeler la bête, sourit Fergus, et la lueur du feu étincela sur la blancheur de ses dents.

— Je me suis assurée que mon ancien maître n'a plus fait

de mal à personne, le laissant étendu dans un bassin de son propre sang.

— Peut-être que Muriel n'a pas besoin d'entendre les détails de ta première proie, commenta Wulfgar en s'éclaircissant la gorge.

Doucement, le grand guerrier ouvrit la chope dans mes mains paralysées.

Fergus laissa les pieds avant de sa chaise frapper le sol d'une secousse.

— Viens t'asseoir avec moi, Muriel.

C'était Fergus, me rappelai-je. Le jeune guerrier amical qui flirtait depuis la première fois qu'il m'avait vu. Il offrit sa main et je la pris, puis le laissa m'attirer sur ses genoux.

— Enfin, c'est l'histoire de la manière par laquelle nous avons été amenés à nous rencontrer.

— Est-ce à ce moment que vous avez formé le lien fraternel ?

— Pas vraiment.

— Est-ce que de nombreux guerriers forment un lien entre frères d'armes ?

— Quelques-uns. Nos Alphas partagent un lien de frères, continua Wulfgar. Comme un lien avec la meute entière, et maintenant un lien d'accouplement avec ta sœur Brenna. Le lien de partenaires est le plus précieux pour nous, car c'est la seule chose qui nous permet de totalement contrôler la bête. Mais, avant que nous te rencontrions, le lien fraternel nous permettait de nous aider à repousser la folie entre nous. Il se fortifie avec le temps.

— Comment s'est formée votre relation ?

— Un lien de frères se forme quand un loup en sauve un autre, expliqua Fergus.

— Alors tu as sauvé sa vie ? demandai-je en enroulant mes bras autour de son cou.

Ses mains progressèrent de haut en bas de mon corps et cela m'était égal où elles allaient.

— Oui, déclara Fergus. De nombreuses fois, de mémoire.

— Vraiment ?

Même si c'était un jeune homme bien charpenté, Fergus paraissait tellement menu, comparé à la silhouette massive de Wulfgar.

— Oui, répéta Fergus qui parut agacé à ma surprise. Je lui ai prêté ma force pour qu'il puisse gagner un défi. Comment penses-tu qu'il a gagné les Jeux ?

— Alors tu as perdu délibérément ?

Les joues de Fergus devinrent roses, s'opposant à ses cheveux. Wulfgar rigola à gorge déployée.

— L'accord était que je perde tôt aux Jeux et me cache dans les bois, donnant de l'aide par le lien que nous partageons.

— Incroyable. Est-ce que tous les liens fonctionnent de la même façon ?

— Nous ne savons pas. Nous ne parlons pas beaucoup de ces liens privés avec la meute.

Je pris une profonde inspiration et posai la question qui me pesait.

— Alors comment formons-nous un lien d'accouplement ?

Fergus lança un regard à Wulfgar, qui confirma d'un hochement de tête.

— Petite, nous te montrerons... maintenant.

Je ne pus m'empêcher de me sentir nerveuse alors que Fergus me levait de ses genoux. Il me porta jusqu'au lit et m'installa pour enlever son justaucorps en cuir. La vue de sa poitrine dénudée saupoudrée de poils rêches me détourna de mon appréhension.

— Te souviens-tu de la façon dont je t'ai touchée ?

— Oui.

— Touche-toi à présent. Fais-le lentement, comme nous l'aimons.

J'acquiesçai et écartai mes jambes.

— Cette caresse va te stimuler et te gominer avec ton miel. Cela facilitera ma bite.

Alors que je caressais mes plis, Fergus retira sa culotte et s'agenouilla sur le lit. Ses cheveux pendaient sur ses épaules, frottant les muscles pleins de taches de rousseur. Si je me concentrai sur lui, je pouvais prétendre que nous étions seuls, deux jeunes amants s'explorant l'un l'autre.

— Embrasse-moi, ma douce, souffla-t-il, et je fermai les yeux, enroulant ma main libre autour de lui.

Enfin, je m'étendis sur mon dos avec Fergus entre mes jambes écartées.

— Tu es magnifique, juste comme je l'ai imaginé.

Je rougis.

Ses mains coururent sur mon corps pour tirer mes tétons. De la crème coula à flots sur ma main à la légère douleur.

— T'aimes ça ? T'apprécies quand je te pince ?

Je l'aurais nié, mais il le fit de nouveau et mes hanches firent un mouvement brusque pour l'inviter de manière licencieuse.

Son expression devint triomphante.

— Ils sont à moi maintenant, dit-il en pressant une poignée de chaque sein. Je ne vais peut-être plus jamais te permettre de porter à nouveau des vêtements.

— Fergus... commençai-je, mais ma protestation se brisa quand il se pencha et mit sa bouche sur mon monticule à la pointe rose, aspirant la tétine dans sa bouche.

Quand il leva sa tête, mon téton resta en pointe et rouge comme une baie.

Je poussai son épaule, mais fus impuissante pour l'arrêter alors qu'il soumettait mon autre mamelon au même traitement.

— Déjà en train de me résister ? murmura-t-il contre ma peau.

— Non, Fergus, juste je...

Ses dents éraflèrent mon sein et la sensation fit feu en moi, directement jusqu'à ma chatte trempée.

— T'aimes ça...

— Non...

— Ne le nie pas, signala-t-il avec des doigts qui trouvèrent ma crevasse et poussèrent les miens sur le côté. Tu es mouillée pour moi.

— Fergus, s'il te plait...

Le plaisir s'enroula en bas, la tension se serrant entre mes hanches avec chaque caresse de mes doigts.

— Stop.

Il agrippa mon poignet et je gémis alors que la sensation grandissante se dissipait, laissant une douleur féroce.

— Les mains au-dessus de ta tête, Muriel, ordonna-t-il. Ne me le fais pas dire deux fois.

Les yeux grands ouverts, j'obéis. Mon amant sembla se transformer, devenant plus grand et plus large, sa magnifique mâchoire avec une expression déterminée.

— Fergus, appela Wulfgar d'un ton d'avertissement.

— Tout va bien, Muriel, me parla-t-il, mais semblait rassurer son frère d'armes. Je ne te ferai jamais de mal.

— Je sais, chuchotai-je.

— Garde tes mains là où je les attacherai en bas. Je veux... explorer.

Un souffle chaud balaya ma peau et ce fut tout ce que je pouvais faire pour laisser mes mains à l'endroit où elles étaient. Fergus prit son temps pour embrasser mes seins, calmant la douleur persistante. Je voulus plus que tout le toucher, mais quand je bougeai ma main, il grogna, m'épinglant.

Wulfgar se profila au-dessus du lit.

— Attention, prévint-il son confrère d'armes. Sois sûr de garder le contrôle.

— Je le serai.

Je saisis l'expression douloureuse sur le visage de Wulfgar avant que les mains de Fergus ne se serrent sur mes poignets, ramenant mon attention sur lui. Ses hanches plongèrent et la crête de sa bite frotta mes lèvres inférieures. Je m'arquai pour me presser contre la longueur raide.

— C'est ça, balance-toi contre moi, ordonna Fergus.

Je fermai les yeux en obéissant, mais vis encore l'expression épuisée de Wulfgar dans mon esprit. Pourquoi ne prenait-il pas part ? Est-ce que mon inexpérience nerveuse le rendait inconfortable ?

Mes mouvements s'immobilisèrent. Fergus libéra un de mes poignets et glissa une main entre nous pour vérifier ma fente.

— Tu es mouillée, mais pas assez humide.

— Laisse-moi m'occuper d'elle, dit Wulfgar.

Une ombre tomba sur moi alors qu'il s'approchait. Je fis de mon mieux pour ne pas reculer.

Fergus bougea, s'asseyant derrière moi et me berçant sur ses genoux.

— Que faisons-nous ? demandai-je, au moment où Wulfgar s'agenouillait et posait mes jambes sur ses épaules.

Je me tortillai et les bras de Fergus se fermèrent autour de moi, me tenant immobile et menottant mes poignets avec ses mains gentilles.

— Reste tranquille, petite. Tu n'as pas besoin de savoir ce qu'il se passe. T'as juste besoin d'obéir.

Wulfgar se pencha en avant et une respiration chaude souffla sur mes parties secrètes. Ma moitié inférieure fit un mouvement brusque.

Le grand guerrier entre mes jambes commença à embrasser la tendre peau de l'intérieur de mes cuisses.

Fergus me maîtrisa quand je bondis hors du lit. Entre ses bras autour de moi et l'emprise de Wulfgar sur mes jambes, j'étais bel et bien sans défense.

— Elle aime être retenue, remarqua Wulfgar, le regard fixé sur mes plis enflés. Au moment où elle gémit, sa chatte déverse de la crème.

Baissant sa tête, il la lapa.

— Oh s'il vous plait.

Ma tête tomba en arrière. Je ne pouvais pas bouger, ne pouvais rien faire de plus que supplier... et ressentir. La langue de Wulfgar lécha de haut en bas mes lèvres inférieures rebondies, comme s'il ne pouvait en avoir assez. La douceur de sa bouche et le grincement de sa barbe de trois jours, me firent tressaillirent de plaisir.

Fergus réaffirma sa prise, s'assurant que je pouvais bouger. D'une certaine façon, savoir que je ne pouvais m'enfuir, rendait les sensations entre mes jambes, plus puissantes. Je ne pouvais qu'être immobile et sentir.

La langue de Wulfgar donna encore et encore une chiquenaude sur un point, jusqu'à ce que je gémisse.

Fergus me fit taire, touchant mes seins.

— Tu ne jouis pas jusqu'à ce que je le dise. Sinon tu seras punie.

— Punie ? Comment ? réussis-je à m'exclamer.

Wulfgar fit une pause, me permettant de remettre en ordre mes pensées.

— Vous parlez souvent de me punir. J'aimerais en savoir plus.

Fergus semblait attendre avec impatience de me punir. Son excitation me rendait curieuse.

— Ne me tente pas, ma douce. Tu le sauras, bien assez tôt.

Wulfgar se remit au travail en balayant sa langue le long de ma fente et je perdis tous mes sens. Mes hanches ruèrent et se tortillèrent, mais Wulfgar les tint rapidement et ma lutte ne fit rien pour faire céder ses grandes mains. De petites vagues me parcoururent de l'entrée de ma chatte jusqu'aux doigts sur mes tétons.

Fergus poursuivit sa litanie sauvage.

— Tu ne jouiras pas, tu dois te retenir. Les mauvaises filles qui prennent leur plaisir sans permission sont punies.

Ses mots me firent mal de plaisir, alors même que je luttai pour obéir. J'étais une bonne file. Je devais me retenir. Mes muscles se serrèrent, mais cela me fit juste déraper plus près du précipice. Wulfgar glissa un doigt dans mon trou papillonnant, et puis un autre. Le léger étirement brula et pourtant, je luttai sur ses doigts, désirant en avoir plus.

— S'il vous plait, haletai-je.

— C'est ça. Supplie-le. Dis son nom, encouragea Fergus.

— Wulfgar, s'il te plait, dis-je en dirigeant mes supplications vers la tête rasée en mon centre. Je ne peux pas... J'ai besoin...

La pression monta dans ma tête et je perdis la capacité à parler.

Alors même que j'atteignais le sommet, presque enfouie sous une avalanche de plaisir, Wulfgar leva sa tête. À mon grand embarras, son visage était gominé de mes jus.

— Elle est prête. C'est le moment.

Fergus explora sous moi et je me trouvai étendue sous lui, regardant vers le haut son visage impatient.

— J'vais te baiser à présent, déclara-t-il, les yeux brillant de doré. Je vais aller doucement, pour ne pas te faire mal.

Je tendis déjà le bras vers lui, désirant la pression de son corps ferme sur le mien. Ses mains glissèrent le long de mes flancs, couvrant ma petite taille alors qu'il se délectait de me regarder.

— Tellement magnifique. J'ai attendu ça pendant un long, long moment.

— S'il te plait, Fergus.

J'enroulai mon bras autour de lui et il se baissa. Il vint en moi, le bout de sa queue pressant vers l'avant avec cette lente sensation brulante. Cela fit mal et me satisfit en même temps. Parce que Wulfgar m'avait préparée, j'attendis la légère gêne. J'enveloppai mes jambes autour de lui et essayai de l'attirer en avant.

— Non, ma douce. Nous allons doucement. Cela peut faire mal.

— S'il te plait, Fergus, juste pousse à l'intérieur.

— Nah, petite, me calma-t-il, mais poussa quand même en avant un autre centimètre. Je repris mon souffle. Il fit une pause et me laissa m'étirer autour de lui.

— Tellement large, grognai-je et aperçus son expression enchantée.

Il glissa d'avant en arrière, à chaque fois en allant un peu plus loin. Je me trouvai à lever mes hanches et enfoncer mes ongles dans son dos, m'accrochant de toutes mes forces alors même que j'en demandais plus.

Sa bite glissa en avant et je me serrai autour de lui, pour le garder à l'intérieur ou pour lui interdire l'entrée, je ne savais pas.

Avec un cri d'exclamation, il me percuta en avant. Un élancement de douleur me fit m'immobiliser, mais il bougeait à présent, se balançant d'avant en arrière, sa queue glissant facilement sur mes jus.

— Désolée, fille. Je ne pouvais m'empêcher. J'ai besoin de toi.

Je chantonnai des paroles rassurantes et serrai mes jambes autour de son dos, le menant plus près. Nous nous fixâmes du regard alors qu'il poussait, ses mouvements devenant plus aisés.

— Oh, fille, j'adore te sentir.

En réponse, j'entortillai mes bras plus fort autour de ses épaules. Il embrassa et suça l'endroit où mon épaule rencontrait mon cou. Des dents écorchèrent ma peau tendre au moment même où pivotaient ses hanches, frottant contre l'endroit sensible que Wulfgar avait amené à la vie en les léchant. Du plaisir irradia en moi.

— Oh, criai-je.

Mes muscles se serrèrent et c'était trop pour Fergus. Il rua entre mes jambes, appelant mon nom. Les joues rougies, il se retira d'un tremblement.

— Elle n'a pas fini, indiqua Wulfgar se maintenant sur le lit, et je me rappelai qu'il était là, nous observant. Utilise ton pouce. Donne une chiquenaude à la petite bosse, là. Légère et rapide.

— Regarde-moi, Muriel, ordonna Fergus.

Je soutins son regard et la lueur intense combinée à la caresse palpitante, m'envoyèrent par-dessus le précipice. Je m'exclamai et retombai telle une femme possédée. L'expression satisfaite des hommes me dit qu'ils étaient contents de moi.

Fergus se retira et je vis un peu de sang aqueux sur les peaux. Wulfgar vint et posa un tissu chaud sur mon centre. Je rougis, sachant la façon dont il m'avait intimement goûtée.

— Irritée ? demanda-t-il.

J'acquiesçai, encore timide à proximité de ce grand guerrier. Il m'aida à m'asseoir et à boire dans une corne d'eau. Il était si large, je me sentais comme une simple fille dans ses bras. Sa dure longueur se pressa sur mon cul et je me demandai ce que cela ferait de le prendre en moi. J'avais pensé que Fergus était trop large, mais mon corps s'était étiré autour de lui, et à la fin, nous étions en adéquation comme si nous étions faits l'un pour l'autre. Serait-ce pareil avec Wulfgar ? Une part de moi était impatiente de le savoir, alors même que je tremblais à cette pensée. Quand je me levai de ses genoux, je fis une pause dans le cercle de ses bras. Il me tint simplement, ne faisant aucun mouvement pour se presser contre mon corps. Pourtant, je pus dire que sa bite était prête. Il avait regardé tout le temps et ne s'était pas libéré. Avais-je fait quelque chose de mal ?

— Qu'en est-il de toi ? demandai-je d'une petite voix. Vas-tu... prendre ton plaisir ?

— Pas cette fois, ma douce, m'informa Wulfgar en secouant la tête.

Penchant sa tête, il saisit mon menton entre deux doigts rugueux et me fit un baiser parfait.

Mais ce fut tout ce qu'il prit. Quand Fergus vint pour m'attirer dans ses bras, Wulfgar se leva et quitta la cabane. Je fronçai les sourcils, mais me détendis dans l'étreinte de mon jeune amant.

— Alors est-ce tout ? Sommes-nous liés à présent ?

— Pourquoi demandes-tu ? Vas-tu courir voir les Alphas et demander un nouveau compagnon ?

— Non, bien sûr que non, juste, je...

Il pressa plus près.

— Je plaisantai juste, m'indiqua-t-il. Tu es bloquée avec nous, que nous nous lions dans un jour ou dans une semaine.

— Mais cela doit se faire bientôt, n'est-ce pas ?

Roulant, Fergus nous positionna tous les deux sur nos flancs, nous faisant face. Il étudia mon visage.

— Où as-tu entendu ça ?

— De mes sœurs, répondis-je en haussant les épaules, ne voulant pas admettre que j'avais écouté aux portes.

— Le plus tôt est le mieux, mais ce n'est pas à toi de t'en inquiéter. Fais confiance à tes compagnons pour s'en charger. Tu te concentres juste sur notre satisfaction.

Je rongeai ma lèvre un moment et puis abandonnai.

— Très bien. Comment fais-je ça ?

— Embrasse-moi, déjà, dit-il avec un sourire qui s'étendit sur son visage.

Nous nous posâmes dans le lit, nous délectant de la

présence de l'autre. Fergus me fit la cour avec de longs baisers enivrants jusqu'à ce que je me fonde dans le lit.

— Qu'est-ce que c'est ? m'étonnai-je en entendant un bruit net à l'extérieur qui me dit me tendre.

— C'est juste Wulfgar, coupant du bois.

— Est-ce qu'il va bien ?

— Bien sûr, me rassura Fergus en repoussant mon inquiétude.

— J'avais espéré le satisfaire, continuai-je en mordant ma lèvre.

— Tu le feras. Tu le fais, m'indiqua Fergus, mais il se leva en attrapant sa culotte et en s'habillant. Nous pouvons aller le voir, si tu le souhaites.

— Je ne peux pas. Je n'ai pas de robe, fis-je remarquer, et Fergus souleva son justaucorps en cuir.

— Tu peux porter quelque chose à moi.

— Mais... ça me couvrira à peine.

— Exactement.

Roulant mes yeux, je glissai hors du lit et m'habillai comme il le souhaitait. La tunique était grande sur moi, mais vint à peine jusqu'à mes cuisses. Il n'y avait rien pour empêcher mon nouveau compagnon de glisser sa main sous le cuir et agripper mon cul, ce qu'il fit exactement.

Je protestai, mais mes tétons se durcirent, frottés jusqu'à former des pointes sous l'épais tissu.

— Fergus ?

— Oui, mon amour ?

— Quand exactement s'est formé ton lien avec Wulfgar ?

— Je l'ai aidé à tuer un guerrier.

— Un de la meute ? demandai-je avec les yeux écarquillés.

— Oui. La folie des Berserkers s'était emparée de lui. La bête avait revendiqué son esprit et il ne s'en est jamais remis.

— Est-ce que ça arrive souvent ?

— Pas depuis que tes sœurs et toi êtes arrivées, indiqua-t-il en plantant un léger baiser sur ma tempe. C'est la raison pour laquelle vous êtes si précieuses, Muriel. Vous apprivoisez la bête. La laisser dormir. Nous sommes à moitié loup et à moitié homme, à moitié pures et à moitié du désir enragé. Nous appelons cette partie la bête.

— Que désire la bête ?

— La capitulation.

Il m'attira plus près, pétrissant mes fesses. Le justaucorps monta jusqu'à mes hanches alors qu'il mettait les siennes entre les miennes. Je m'en moquais, je m'échouai sans honte sur sa cuisse. Ses dents mordillèrent mon oreille.

— Et tu nous donneras ce que nous voulons, chaque fois.

Il s'éloigna soudainement et rigola à mon air démuni. Même si j'étais irritée entre mes jambes, mon corps était chaud et excité, préparé pour davantage.

— C'est la raison pour laquelle c'est si important que tu obéisses, expliqua-t-il d'un ton bien plus sérieux.

— Bien sûr, j'obéis, soufflai-je. C'est pas comme si je peux vous combattre.

— Tu pourrais essayer, répondit-il avec une lueur espiègle qui brilla dans ses yeux.

Pressant ma main, Fergus me traîna hors de la hutte, plus loin que Wulfgar. Le géant avait enlevé ses hauts-de-chausse et utilisait une hache pour fendre du bois pour nous. Il se tourna pour nous regarder passer.

— J'apprends à Muriel à se battre, appela Fergus.

Il m'amena jusqu'à une petite clairière et me donna une grande branche.

— Que vais-je faire avec ça ?

— Frappe-moi.

Fergus sauta pratiquement sur ses pieds. Son excitation était contagieuse.

Scrupuleusement, je saisis la branche et essayai de le

frapper avec. Fergus attrapa mon coup maladroit et recula d'un pas.

— C'est ça. Attaque-moi encore, mais place tes mains plus écartées sur ton bâton.

Après quelques minutes, je transpirais, mais mes coups étaient plus raides et moins encombrants.

— Est-ce que cela aide notre lien ? questionnai-je.

— C'est marrant, répondit Fergus en roulant des yeux. Tu t'inquiètes trop à propos du lien.

Je me mordis la langue avant de révéler ce que je savais et dis d'un ton sec que je m'inquiétais pour lui. Que Siebold prendrait sa vie. À la place, j'allai en avant avec des poussées et des parades plus téméraires. Fergus les bloqua avec ses bras, un large sourire sur son visage.

Wulfgar laissa sa hache pour venir regarder.

— Bon travail, Muriel. Continue et tu seras meilleur qu'il ne l'est.

Je commençai à le remercier et Fergus fonça, arrachant la branche directement de mes mains.

— Hé !

— Tu m'as tourné le dos. Première règle. Toujours rester alerte.

Fergus laissa tomber la branche et partit en dansant. Je me jetai en avant pour mon arme de fortune. La soulevant, je commençai à avancer, modifiant mes pas pour conduire Fergus en arrière, directement à l'endroit où attendait Wulfgar.

Au dernier moment, Fergus réalisa ce que je faisais et esquiva, mais pas avant que le flanc de Wulfgar ne le frappe avec une patte géante. Le jeu d'esquive et de feinte devint vite une bagarre entre le grand guerrier et le plus jeune.

Je laissai tomber la branche et reculai. Les pieds se transformèrent en griffes de monstres et creusèrent la terre. Le haut de leurs torses resta humain, les bras enveloppés autour l'un de l'autre dans une position de lutteur.

Pour un guerrier si petit, Fergus tenait ses propres positions. Il bougeait rapidement, esquivant l'emprise de Wulfgar et dansant autour de lui.

Avec un rugissement, Wulfgar avança brusquement, attrapant le plus petit loup autour de la taille et le lançant sur le sol. Fergus heurta l'herbe et roula, se relevant avec les dents claquant sèchement. Ses doigts se raidirent, ses mains se développant en de larges pattes aux bouts en griffes courbées.

Je fis un couinement effrayé.

Tout à coup, deux guerriers me regardaient avec de féroces yeux embrasés. Je reculai doucement, soulevant mon bâton en une défense dérisoire. Ils marchèrent à grands pas vers l'avant, Fergus frappant mon arme de mes mains et Wulfgar me mettant directement en l'air, pour que je pende sur son épaule.

— Notre prix, grogna-t-il, et retourna à notre taudis.

À l'intérieur, il me posa. J'attendis, tordant mes mains alors qu'ils se déshabillaient de leurs culottes.

Fergus vint à moi en premier.

— Qu'est-ce...

Ses mains, de nouveau paraissant humaines, agrippèrent le col du justaucorps que je portais et le déchira sur le devant. Je restai immobile, mais il rigola juste. Enlevant les restes de la chemise en cuir, il me jeta sur le lit où je crapahutai en arrière, respirant fortement.

— Calme-toi, grogna Wulfgar. Nous ne te ferons pas de mal. Mais nous prendrons ce qui est nôtre.

Fergus vint à moi et je me forçai à ne pas reculer. Ses doigts touchèrent le centre de mes jambes.

— Elle est déjà mouillée et prête.

La colère monta brusquement en moi. J'avais été apeurée

et ils en jouissaient.

— Attendez une minute.

Je mis une main contre sa poitrine.

— Tu vas lutter maintenant, petite ? questionna Fergus en claquant ses dents d'un coup sec.

Je le repoussai et me trouvai à plat sur mon dos, en face d'une créature sauvage. Je fixai ses yeux dorés et la bête regarda en retour.

— Calme-toi, Fergus. Garde le contrôle.

Fergus gémit, un son d'animal, mais il se souleva de moi. Wulfgar prit sa place, ses yeux étaient tout aussi brillants. Ses muscles se gonflèrent alors qu'il se tenait au-dessus de moi. Ainsi captive, je n'avais aucun désir de me battre.

— S'il te plait, chuchotai-je. Je vais être sage.

Poussant mon cou du nez, Wulfgar trouva un point sensible. Il suça fort et je fus fichue.

Lentement, le guerrier fit son chemin le long de mon corps. Sa langue chercha mes endroits secrets, je m'exclamai et gémissais, mais il ne me lâcherait pas. À la place, il prit mes poignets et les épingla fermement.

Le mouvement cassa sec quelque chose en moi et le plaisir m'inonda. Je haletai au travers de mon orgasme.

— Oh, Muriel, tu es parfaite, grogna Fergus.

Il avait sa bite en gaine dans sa main et tirait doucement dessus.

— Sois calme, petite. Nous ne te ferons pas mal, me rassura Wulfgar alors que ses dents saisirent l'endroit sensible où mon cou et mon épaule se rencontraient, et mordilla, rendant mon corps fluide. Quand il leva la tête, ses canines parurent plus aiguisées. Beaucoup plus tranchantes.

Mais, quand il glissa ses doigts en bas pour vérifier mes plus, je gémis. J'étais encore irritée.

— Tu n'es pas encore prête, se recula Wulfgar.

Sa bite dépassait de son corps, rouge et en colère.

— Je suis désolée, chuchotai-je.

Je voulais rouler de l'autre côté et enfouir mon visage dans les peaux.

— Ce n'est pas ta faute, petite, me rassura Wulfgar en attrapant une peau et en la laissant tomber au sol. Aimerais-tu quand même nous satisfaire ?

Je hochai la tête et il pointa du doigt une place à ses pieds.

— Viens t'agenouiller ici.

Une fois que je le fis, je regardai en l'air vers son membre rigide. La large tête contenait une goutte de liquide à son bout.

Rassemblant mes cheveux, Wulfgar me conduisit plus près.

— Lèche-la, ordonna-t-il. Beaucoup de langue. Fais-la belle et humide.

Je le fis, hésitante au début. La saveur était salée, mais pas désagréable. Je fis courir ma langue de haut en bas de sa bite et léchai le bout jusqu'à ce que sa respiration siffle.

— Saisis-la avec ta main. Doucement.

Ma main parut petite et délicate contre la tige glissante. Il me montra comment travailler de haut en bas de sa longueur. Sur un coup de tête, je me penchai en avant et mis ma bouche sur le bout.

— Oh Muriel.

C'était à son tour de gémir. Je souris presque à mon pouvoir nouvellement trouvé. N'hésitant plus, je fis tournoyer ma langue sur la large tête pendant que ma main glissait de haut en bas.

La plus large main de Wulfgar se ferma sur la mienne et fit un mouvement brusque à un rythme plus rapide que je continuai quand il enleva sa main.

Sa grande bourse devint plus raide et de mon autre main je la touchai, fascinée.

— Oh, oui. Touche-moi encore. Comme ça.

Je le pris dans ma paume et le caressai, m'arrêtant pour mouiller sa bite avec ma bouche de temps à autre. Il garda sa main dans mes cheveux, mais ne tira pas ou ne me fit pas mal. Ses mouvements furent prudents, doux, comme si j'étais aussi fragile qu'une fleur.

— Est-ce que je vous satisfais, monsieur ? demandai-je d'un ton innocent.

Derrière nous, Fergus jura tout haut et je sus qu'il avait joui.

— Oh, oui, petite. Tu me satisfais, répondit Wulfgar avec les yeux brillants.

Fermant ma bouche sur sa queue, je suçai fort. Ma main accéléra ses mouvements. Je sus qu'il était proche quand sa tête tomba en arrière et il soupira, plus capable de donner des ordres ou de faire quoi que ce soit à partir apprécier mes bons soins.

— Un jour, nous t'apprendrons à nous prendre complètement dans ta bouche, dit Fergus. Nous mettrons nos bites dans ta gorge comme dans une gaine et tu nous engloutiras jusqu'en bas. Aimes-tu ce que tu entends ?

Ma chatte nue était gonflée et coulait sur le sol. La pensée de servir mes hommes fit picoter mon corps.

— Mmhmm, fredonnai-je sur la queue de Wulfgar, répondant sans enlever ma bouche.

Le grand guerrier jura.

— Tu nous réveilleras chaque matin avec ta bouche, continua Fergus dans un chuchotement passionné. Et une fois que nous aurons joui, nous te donnerons du plaisir encore et encore, puis nous te laisserons au lit, recouverte de notre semence.

Je gémis à l'image licencieuse. Les mots me remplirent d'un désir embrasé et je ne voulus rien de plus que d'être couverte de la semence de mes hommes.

— Ah, Muriel, haleta Wulfgar. Je vais jouir... bientôt...

— Suce-le, Muriel, suce-le fort, insista Fergus en se penchant près de moi. Fais de ton mieux pour lui plaire ou tu seras punie.

Ses doigts pincèrent mes tétons et la douleur me fit m'exclamer. Le bruit excité poussa Wulfgar par-dessus bord.

Il gicla encore et encore sur ma poitrine dénudée. Tendant le bras, il frotta sa semence sur ma peau, laissant un plâtre nacré.

— Bonne fille, me dit-il.

Puis, je fus debout, soulevée et étalée sur le lit, et les deux hommes s'occupèrent de ma chatte gonflée encore et encore.

* * *

— Pourquoi Wulfgar ne me baise pas ? demandai-je à Fergus cette nuit-là.

Le guerrier géant était parti patrouiller dans les bois, nous laissant jusqu'à l'aube. Pour rigoler, Fergus fit un nid de peaux à côté du foyer, assez proche pour lui pour rouler un rondin dans le feu. Nous nous câlinâmes et embrassâmes pendant un moment, et à présent, je me reposai sur sa solide poitrine, jouant avec les poils rougeâtres et traçant ses taches de rousseur.

— Il est prudent. Il a passé un long moment à apprendre à contrôler sa bête. Il ne veut pas te blesser.

— Mais comment nous lierons-nous ? questionnai-je en fronçant les sourcils.

À ma surprise, Fergus se pencha et frappa mon cul nu, doucement, mais assez fort pour entendre un bruit de fessée.

— Assez, fille, dit-il avec une rudesse moqueuse. T'es trop inquiète à propos du lien. Embête-moi encore avec et il y aura des conséquences.

Je roulai des yeux.

Le moment d'après, Fergus m'avait levée et mise sur ses genoux.

— Fergus ! Que fais-tu ? m'exclamai-je en me tortillant, mais il m'épingle facilement, me déplaçant pour que mes fesses soient drapées droite sur ses jambes.

Il les fessa à nouveau et je braillai, pourtant cela ne fit pas mal du tout.

— Je te punis, indiqua-t-il, et je pus entendre son sourire dans sa voix. C'est comme ça que les loups corrigent leurs mauvaises compagnes.

Sa main vagabonda sur ma chair dénudée, pressant mes fesses potelées.

— Cela ne fait pas vraiment mal... Aïe !

Sa paume se connecta avec ma fesse droite, assez fort pour piquer. Je me cabrai, mais n'allai pas loin, car Fergus me repoussa d'une main ferme.

— Et une autre pour t'équilibrer.

Une autre fessée résonna et je fis un mouvement brusque en arrière avec mes mains pour couvrir mon derrière piquant à présent.

Mon amour saisit mes poignets et les tint dans le creux de mon dos.

— Assez, Fergus, j'ai appris ma leçon.

— Ah, mais, à présent, je m'amuse.

Sa main libre retourna masser mon cul réduisant la piqure. Il continua comme ça, alternant ses caresses avec une légère fessée. Je gémis une ou deux fois, mais me soumis à ses bons soins. Alors que la punition espiègle continuait, ma chatte commença à pulser à chaque ferme fessée. Enfouissant mon visage dans les peaux, je laissai mes jambes se faufiler ensemble pour que Fergus ne voie pas l'humidité à leur sommet.

Bien sûr, Fergus remarqua tout de suite.

— Qu'est-ce, fille ? Je pense que tu apprécies cette punition autant que moi.

— C'est pas vrai, protestai-je, mais ses doigts glissèrent
entre mes plis secrets, et puis me montrèrent le jus collecté
dessus.

— Les menteuses ont leur cul fessé.

Je fis pendre ma tête.

— J'aime ça seulement parce que c'est toi, rectifiai-je en
laissant pendre ma tête.

Pour souligner ça, je me tortillai, mon estomac donnant
son propre massage à sa bite.

Fergus gloussa, se prenant à mon jeu.

— Alors si j'appelai Wulfgar pour revenir te punir, cela
n'aura pas le même effet ?

Je m'immobilisai, imaginant les grandes mains tapant sur
mes fesses frêles.

— Calme-toi, Muriel. Je plaisantais juste.

Fergus m'aida à me lever, avec son visage sérieux.

— Tu as vraiment peur de lui.

— Je ne... pas vraiment.

Je dissimulai, mais je ne pouvais pas mentir à un loup
comme je pouvais me mentir à moi-même.

— Il est juste si grand. Et imposant et important dans la
meute.

— C'est vrai, mais c'est un homme. Je ne suis pas si grand
et imposant pour toi ?

Je déglutis, mais Fergus me taquinait.

— Tu as mon âge, et je t'ai toujours voulu.

— Et je te veux. C'est le destin, que nous deviendrions
amants et compagnons à jamais.

Il balaya les cheveux de mon épaule et me donna un
baiser. Je me penchai sur lui, poussant plus près pour trouver
sa bouche et l'enfourcher. Les lignes endurcies de son torse
musclé paraissaient assez délicieuses à lécher. Je commençai

à incliner ma tête, mes lèvres prêtes à explorer, quand il me remit debout.

— Promets-moi que tu donneras une chance à Wulfgar.

— Je le fais, soufflai-je alors que ma chatte palpitait d'impatience. C'est lui qui reste à l'écart de notre lit la nuit. Et aucun de vous ne me baisera.

— Nous attendons jusqu'à ce que tu sois guérie.

Il m'attira sur les peaux et se balança au-dessus de moi pour que son visage soit entre mes jambes et sa queue s'agite à quelques centimètres de ma bouche.

— Que fais-tu ?

— Te donner du plaisir. Le premier à jouir sert l'autre toute la nuit.

— Mais...

Mes mots moururent alors qu'il baissait sa tête et couvrait mes monts avec sa bouche. Chaude et prête, j'orgasmai en quelques secondes, et passai le reste de notre temps devant le feu avec la bite de Fergus dans ma bouche, ou à être bercée entre mes seins.

CHAPITRE 5

ne semaine passa alors que nous vivions isolés. Durant la journée, nous mangions, jouions dans les bois, pratiquions l'entraînement au combat. La majorité des bagarres et de l'exploration se transforma en jeu des guerriers me pourchassant pour faire ce qu'ils voulaient de moi. Chaque fois, ils utilisaient leur bouche pour s'occuper de mes tendres plis, mais ne me baisaient pas à nouveau. À la place, j'appris à les sucer jusqu'au bout, tout comme Fergus m'avait dit. La manière la plus facile était de m'étendre sur le lit, la tête tendue pour les prendre tout du long dans ma gorge, pendant qu'ils pinçaient mes mamelons.

Je m'amusai tellement, j'oubliai presque le lien.

Je me réveillai une nuit dans un enchevêtrement de peaux. Mes hommes étaient encore en train de se murmurer des choses entre eux. Je restai très immobile en écoutant leurs voix qui résonnaient. Elles semblaient très lointaines, même s'ils étaient assis à quelques pas de moi, à la table devant le feu.

— Cinq jours, et elle est toujours irritée. Je m'attendais à baiser ma femme au moins vingt fois depuis le temps. Pas que je n'apprécie pas sa petite bouche.

— Calme-toi, Fergus. Elle était vierge et pas habituée au toucher d'un homme.

— La magie aurait dû l'aider à guérir à cette heure-ci. Elle l'aurait fait, si nous étions liés. Est-ce que la marquer accélèrerait le processus ?

— Jusqu'à ce que nous sachions qu'elle est liée à nous, nous n'oserons pas la marquer. La bête veut la mordre, la revendiquer comme étant nôtre, mais les dents pourraient la blesser à moins qu'elle partage notre capacité à guérir.

Fergus rejeta un souffle frustré. Le bruit était plus fort et plus clair que leur conversation, mais je n'eus pas le temps de me questionner dessus.

— Je demanderais conseil aux Alphas, mais... médita Wulfgar.

— Nous n'oserons pas, frère. Personne dans la meute ne peut savoir.

— D'accord. Nous réfléchirons à quelque chose.

— Je vais monter la garde, annonça Wulfgar alors qu'une chaise craquait. Garde-la au chaud, petit frère.

— Es-tu sûr ? Tu peux prendre ton tour avec elle.

J'entendis l'inquiétude dans sa voix et la sentis dans mon propre souffle. Wulfgar n'avait jamais passé la nuit dans notre lit.

— Je suis sûr, répondit-il alors que la porte se fermait, mais la voix de Wulfgar ne devint pas plus faible qu'elle n'était déjà. Prends soin de notre petite compagne.

Quelques secondes plus tard, Fergus sombra sur les peaux à côté de moi. Ses bras m'enveloppèrent et il m'attira contre son poids chaud, et je roulai contre lui avec un soupir.

Sa caresse apaisa un peu ce que j'avais entendu, mais pas tellement. Une semaine était passée et nous n'étions toujours pas liés. Fergus disait de ne pas s'inquiéter, mais je devais faire quelque chose. Ils ne pouvaient pas me cacher pour toujours et garder secret leur revendication ratée. La meute le découvrirait éventuellement. Nous devions nous lier.

Fergus laissa sortir un long souffle. Il était déjà endormi, pendant que je restai éveillée avec des pensées serpentant mon esprit. Wulfgar et Fergus partageaient déjà tous les deux un lien. La faute ne se trouvait pas chez eux. Mais chez moi.

Je devais arranger ça. Si seulement j'avais posé plus de questions à Sabine quand j'en avais la chance. Je pourrais demander à parler à Brenna maintenant, mais elle et les Alphas sauraient alors que quelque chose n'allait pas.

Alors que les minutes s'étirèrent en heures, j'étais allongée dans le noir, rongeant ma lèvre. Il y avait une personne qui n'était ni ma sœur ou de la meute.

D'ici le matin, je décidai.

Je trouverais et parlerais à la sorcière.

* * *

MA CHANCE vint quand Wulfgar partit rencontrer les Alphas et laissa Fergus me surveiller.

— Sois sage, petite.

— Toujours, monsieur, lui promis-je en offrant mes lèvres pour un baiser.

Je n'étais toujours pas passée au-dessus de ma timidité à proximité du grand guerrier.

Fergus était un autre sujet. Le guerrier aux cheveux roux sauta sur moi aussitôt que Wulfgar disparut entre les arbres.

— Que devrions-nous faire aujourd'hui ?

— Je... Je ne sais pas.

Mon esprit fonctionna à toute allure pour savoir comment occuper mon amour pendant que je faisais un rituel pour convoquer la sorcière.

— Je peux penser à plusieurs choses, continua Fergus qui

avait déjà tiré sur ma robe au-dessus de mon épaule et embrassait mon cou.

— Peut-être que nous pouvons aller à la rivière. J'ai besoin de laver mes habits.

Wulfgar m'avait apporté deux robes de plus pour remplacer celle qui était tachée, mais une était déjà sale et déchirée d'une fois où Fergus m'avait pourchassée à travers la forêt et attrapée, et m'avait utilisée pour son plaisir.

— Ma bite a besoin d'être lavée, murmura Fergus

Il prit le lobe de mon oreille entre ses dents et mordilla. Mon corps répondit avec un jet de liquide entre mes jambes faiblissantes.

— Fergus, protestai-je d'un rire nerveux. S'il te plait.

— D'accord, balança-t-il en me repoussant. Mais je te demanderai de t'occuper de moi quand tu auras fini.

— Bien sûr, acquiesçai-je avec envie, et il gloussa.

— Une si bonne fille.

— J'essaye de l'être.

— Tu l'es. Tu nous satisfais tant.

Il saisit mon menton, étudiant mon visage comme il le faisait si souvent avant de me dire que j'étais belle. Je me mordis la lèvre. Je désirais être une bonne compagne pour eux. Je devais l'être. Cela devait fonctionner.

À mon grand soulagement, Fergus me laissa aller à la rivière. Il porta même le panier de linge sale, mais une fois là-bas, me donna l'ordre de rester sur la rive, se changea en loup et commença à se distraire en péchant, à la manière d'un loup.

Il attendit au-dessus d'un profond bassin, l'intention dirigée sur l'eau jusqu'au bon moment. D'un bond, il se cabra et, avec des jambes rigides devant lui, mit brusquement sa tête dans l'eau. S'il était chanceux, il aurait eu un mince poisson dans ses mâchoires. Il se présenta plus souvent les mâchoires vides que pleines, mais l'activité l'amusait. Disposant silencieusement les ingrédients pour le rituel, j'étais reconnaissante qu'il fut distrait.

Après un moment, il s'ennuya et se posa pour faire une sieste au soleil, et je m'éclipsai au niveau du lit de la rivière, un peu hors de vue du loup endormi. Je détestais me faufiler, mais Sabine m'avait dit que même si les Alphas la consultaient souvent, la plupart des Berserkers n'aimaient pas la sorcière. Je ne pouvais pas risquer de le dire à Fergus et Wulfgar, et les faire m'interdire de la convoquer. En plus, je ne voulais pas qu'il sache à quel point j'étais inquiète à propos du lien d'accouplement.

Au pied d'un arbre, je construis un petit feu et fis le sort de convocation que Sabine m'avait appris.

— Yseult, appelai-je en disant le nom de la sorcière et j'attendis.

Les minutes passèrent et je restai immobile, résistant à l'envie de ramper en arrière pour jeter un œil à Fergus, ou répéter le sort.

Finalement, j'abandonnai l'attente et soufflai pour éteindre le feu. La sorcière ne venait pas. J'avais raté. Peut-être que je n'avais aucune capacité magique et c'était la raison pour laquelle je ne pouvais pas former un lien d'accouplement avec Wulfgar et Fergus. Les pouvoirs de mes sœurs faisaient d'elles des compagnes parfaites pour les Berserkers, mais je n'en avais aucun. La bonne douce Muriel qui faisait toujours ce qu'on lui demandait. On m'avait finalement donné tout ce que mon cœur désirait, mais je n'étais pas assez bonne pour le garder.

La seule décision qui resta : Racontais-je à Fergus et Wulfgar mon échec, ou passais-je aussi longtemps que je le pouvais à vivre mon rêve, et les laissais-je découvrir eux-mêmes et me rejeter ?

Des larmes piquèrent mes yeux alors que je rassemblai les

restes du sort et que je donnai un coup de pied dans le feu pour le faire mourir.

Je m'étonnai alors qu'un corbeau atterrissait sur une branche au-dessus de ma tête et coassa. Il battit des ailes et descendit à mes pieds. Je fis un saut en arrière et il atterrit, et arma un œil perçant vers moi.

— Yseult ? demandai-je.

Le corbeau croassa à nouveau, et au lieu de me sentir stupide, l'espoir bondit en moi.

Puis l'oiseau s'envola.

— Non, attends, criai-je en courant après, percutant le sous-bois de la forêt, poussant des branches sur le côté pour voir où il avait pu aller. À peine commençai-je à le suivre, je le perdis et restai debout dans la forêt, me demandant si j'avais encore échoué.

— Idiote de fille, me dis-je à moi-même et je commençai à aller en arrière, quand un grognement grave surprit mon oreille. Regardant dans l'obscurité tachetée de la lumière du soleil, je vis le loup.

L'animal était grand, blanc avec des marques dorées. Les pieds enracinés sur place, je réfléchis vite. Le loup de Wulfgar était gris et celui de Fergus était roux. Cette bête était un étranger pour moi. Il pencha la tête et la lumière se prit dans ses yeux dorés. Un Berserker.

Quand je reculai, le loup fit un pas en avant, poussant à travers l'épais taillis sans aucun bruit. Je me retournai et courus. Allant à toute allure, zigzaguant à travers les arbres, je n'osai pas regarder en arrière si le chasseur était sur ma trace.

— Fergus, criai-je. Fergus.

La rive du ruisseau arriva dans mon champ de vision et il bondit vers l'avant, sous sa forme humaine.

— Muriel… commença-t-il en m'attrapant.

— Loup. Dans la forêt.

— Je vois, grogna-t-il, se plaçant entre la forêt et moi. Si une créature attaque, tu cours aussi vite que tu peux, de retour dans la cabane.

Mes doigts s'attaquèrent à ses flancs. Si quelque chose attaquait, je ne pouvais pas être sûre que je pourrais le laisser.

— Que t'ai-je dit à propos de quitter mon champ de vision ?

— Je suis désolée, bégayai-je.

— Pas grave, me rassura-t-il en attrapant ma main et me tirant avec.

Nous laissâmes le linge le long de la berge et fonçâmes à la cabane.

— Je suis désolée, dis-je à nouveau, une fois ayant repris mon souffle. Je sais que j'ai vu un loup. Il a commencé à me suivre, alors j'ai couru.

— Je n'ai pas de doute que tu as vu quelque chose. Il y a probablement des espions dans ce bois.

— Des espions ?

— T'en fais pas, balança Fergus en se retournant et interdisant l'entrée. Que faisais-tu ?

— J'avais besoin d'une herbe et pensais pouvoir la trouver à l'orée de la forêt.

Ce n'était pas un mensonge, pas vraiment. Ce n'était pas seulement toute la vérité. La tête de Fergus s'inclina alors qu'il analysait mes paroles. Je me demandai s'il savait que je cachais quelque chose.

— Quand nous vivions dans le village, je furetai sans surveillance, envoyai-je. Je ne pensais pas qu'il y aurait un danger.

— Tu es une fille intelligente. Est-ce que cela fait sens que tu partes seule ?

— Non, répondis-je avec les yeux qui tombèrent pour regarder mes pieds.

— Muriel. Regarde-moi.

Il n'y avait pas de tendre séduction en mon jeune amant.

— Tu vis parmi les Berserkers à présent et nous nous attendions à ce que tu agisses de manière convenable en tant que conjointe. Je t'ai dit de rester à proximité. Quand Wulfgar revient, il te sermonnera sur le même point.

Je n'avais besoin de rien de plus pour craindre le guerrier intimidant.

— Dois-tu lui dire ?

— Je ne lui cache rien. Et tu ne devrais pas non plus, en tant que compagne.

Mon cœur sombra. J'avais l'intention ne nous rapprocher tous les trois, et à la place, j'avais tout mis en désordre.

— Je suis désolée.

— Viens là, proposa Fergus avec un soupir en ouvrant ses bras.

Quand je fus en sécurité dans son étreinte, il continua.

— Je te pardonne, mais tu dois te faire pardonner, déclara-t-il en rassemblant une poignée de cheveux et en menant gentiment ma tête en arrière. Je vais te punir maintenant.

Il n'y avait pas de plaisanterie dans son attitude. Je déglutis fort.

— D'ac... d'accord, répondis-je alors que ma tête martelait, et que Fergus me conduisait jusqu'au lit.

— Déshabille-toi.

J'étais devenue habituée à entendre cet ordre. Fergus me préférait nue quand nous étions dans la cabane. Alors que je retirai la robe par-dessus ma tête, il s'assit et tapota son genou.

— Allonge-toi dans mon giron.

J'hésitai.

— Tu f'rais mieux de finir ta punition avec que Wulfgar revienne. Il pourrait vouloir te fouetter.

Ce fut assez pour m'envoyer décamper en place. Fergus

m'aida à me draper au travers de ses jambes, me maintenant alors que je m'installais en position.

— Bonne fille, dit-il doucement. Cette fessée n'est pas pour le plaisir, mais en punition.

Je reniflai, ma lèvre du bas tremblant alors que je pressais le linge de lit et essayais de ne pas pleurer. J'étais fâchée, pas parce que j'avais peur, mais parce que je l'avais déçu.

— Cette punition te rappellera de tenir compte de ce que je te dis.

La leçon de Fergus accompagna ses gifles. Je grimaçai et grinçai des dents à cause de la piqure.

— Tu ne t'éloigneras pas de nouveau de notre champ de vision. Faire ça c'est très, très dangereux. Wulfgar a gagné les Jeux, mais son affirmation sur toi est toujours contestée.

Je levai ma tête à ces mots, mais il finit avec une bourrasque de claques, qui me fit m'exclamer et frapper des pieds.

— C'est très important que tu ne partes pas en douce. Promets-moi que tu ne le referas pas.

— Je promets.

— Dix de plus.

Les coups finaux semblaient plus forts que le reste combiné. La cabane résonna des sons des gifles. Grinçant des dents, je suspendis ma tête et laissai tomber une ou deux larmes. Quand ce fut fini, je me posai flasque, attendant qu'il m'aide à me lever.

— Une si bonne fille.

Il m'embrassa et me berça, m'inclinant sur le côté pour que mon poids ne pèse pas sur mon cul irrité. Même avec mon corps sonnant de douleur, je voulais me pelotonner près de mon jeune guerrier. La tension dans ma poitrine était partie.

— La punition est finie. Tu es pardonnée.

Fergus essuya la dernière larme de mon œil. Son pouce

tomba sur mes lèvres et les caressa jusqu'à ce que j'ouvre ma bouche, et l'aspire dedans.

— Bonne fille, dit-il d'une voix qui devint rocailleuse et je me tortillai sur ses genoux pour une différente raison.

Quand il se mit debout, il grogna et m'attira, enlaçant ses bras forts autour de moi. Je le repoussai en vain. Ses yeux brillèrent d'une lumière mystique et je sus que sa bête appréciait ma lutte.

— Tu aimes me punir.

— C'est le cas. Mais seulement parce que cela me plait de t'y soumettre si joliment.

— Est-ce que cela satisfait le loup ?

— Ouais, le loup adore te dominer, mais c'est la bête qui aime ta douleur.

Il pinça mon cul endolori et je sifflai.

— Et ton plaisir. Elle veut que tu oublies quand l'un se termine et que l'autre commence.

Il tira mes lèvres du bas et un rouleau de sensations fit feu en moi.

— Nous te donnerons de l'extase au-delà de ce que tu as connu, mais tu crieras et nous supplieras d'arrêter de nombreuses, nombreuses fois.

— Et le ferez-vous ? demandais-je en retenant mon souffle alors que ses doigts commençaient à glisser d'avant en arrière dans mon entrée glissante, éveillant au plaisir toutes les parties de mon corps.

— Jamais. Nous sommes tes maîtres et nous savons ce dont tu as besoin.

Il me baisa avec ses doigts jusqu'à ce que je le supplie, puis arrêta et me fit lécher ses doigts pour les nettoyer.

— J'arrêterai et te proposerai de soulever tes jupes de temps à autre. Sois sûre d'être humide et prête pour nous. Reste-toi au bord, à supplier.

Il fit un signe de tête vers mes tétons durcis.

— Pince-les.

Je le fis et davantage de crème suinta de moi. Des rouleaux de sensations foudroyantes firent feu de mes mamelons à ma chatte, et je découvris que mes hanches se balançaient à l'endroit où j'étais assise.

— S'il te plait.

— Non, rigola-t-il. C'est mieux de te garder au bord et en manque. Touche à quel point je suis dur.

Il posa ma paume sur sa longueur lancinante.

— J'adore te tourmenter et savoir que tu souffres de ma main.

— Prends-moi, Fergus, suppliai-je alors que la piqure de mon cul s'affaiblissait et n'avait rien à voir avec la pulsation au niveau de mes parties féminines. Fais-moi ressentir que je suis tienne.

— Tu es mienne. Tu m'appartiens pour toujours.

Au moment où je pensai qu'il allait me jeter sur le lit, il me mit debout et se leva.

— Viens. Ta punition n'est pas finie, m'annonça-t-il en me faisant me tenir dans un coin de la pièce. Pour réfléchir à la façon dont tu obéiras la prochaine fois.

Je me déplaçai sur un pied puis l'autre et l'écoutai s'affairer dans la pièce.

Les minutes paraissaient des heures, mais je ne me retournai pas jusqu'à ce qu'il me le propose.

— Wulfgar va bientôt revenir, ma douce. C'est le moment de commencer ton entraînement.

— Entraînement ? répétai-je toujours nue, et je croisai mes bras grossièrement sur ma silhouette nue.

Le regard que Fergus me lança était malicieux.

— Penche-toi sur le lit.

Je m'empressai d'obéir.

— Un cul tellement beau. Pas trop petit, pas trop rebondi. Une délicieuse couleur rouge. Écarte tes jambes, ma douce.

Je me balançai d'un pied à l'autre, ouvrant ma posture.

— Bonne fille. Maintenant, écarte tes fesses pour moi.

— Fergus...

Une gifle sur mon derrière me fit me hâter pour m'exécuter. Rougissant de mon derrière corrigé, j'écartai mes fesses et lui montrai mon trou du cul.

— Voilà une agréable vision, commenta Fergus avec un émerveillement satisfait.

Mon visage brula de chaleur contre le lit. Quelque chose de dur et de rigide toucha mon trou de balle, poussant pour rentrer pour qu'il écarte le cercle serré de muscles.

— C'est un plug. Je l'ai sculpté dans du bois pour que les mauvaises filles le portent quand elles désobéissent. Tu le garderas à l'intérieur et il t'étirera pour nous prendre.

Mon emprise se serra sur les peaux.

— Fergus... s'il te plait...

— Détends-toi. Respire profondément. Et maintenant, souffle.

Alors que l'air quittait mes poumons, il poussa le bulbe à l'intérieur tout du long. Après que la partie la plus large est passée, il rétrécit brusquement, atténuant la pression.

— Là.

Il le fit fonctionner d'avant en arrière pendant que je réprimai un gémissement.

— Comment te sens-tu ?

Je grognai en réponse. L'objet dans mon derrière paraissait étrange, mais pas tout à fait désagréable. Mes tétons étaient aussi durs que des cailloux contre le lit.

— Touche-toi.

— S'il te plait... ne me fais pas le faire.

— Si tu ne peux pas, alors je le ferai, précisa-t-il en m'inspectant et rigolant. Trempée. Exactement comme je le pensais.

— Ce n'est pas bien.

Il déposa un baiser sur ma fesse.

— C'est exactement ce qu'il faut. Bientôt, tu seras capable de le porter dans ton cul du matin au soir.

— Toute la journée ?

— Bien sûr. Afin que nous puissions te revendiquer à tout moment où nous le souhaitons.

Il fit bouger l'épouvantable objet dans l'abri.

— Mets-toi debout maintenant, Muriel. Tu peux me sucer avant de continuer avec tes corvées.

Je grimaçai, sachant qu'on me refuserait du plaisir jusqu'au soir.

— Garde-le à l'intérieur aussi longtemps que je le demande et tu seras récompensée.

— Oui, Fergus.

Je tendis la main et ne pus pas vraiment cacher mon empressement alors qu'il guidait sa bite dans ma bouche.

* * *

Le plug installé fermement entre mes fesses rougies sous ma meilleure robe, j'accueillis Wulfgar au niveau de la porte. Le grand guerrier paraissait fatigué, des lignes d'inquiétude s'envolant quand il me vit approchant avec une corne d'hydromel. Il la prit silencieusement et but, ses yeux ne quittant pas une seule fois ma silhouette.

— Merci, me dit-il quand la corne fut vide. Comment vas-tu, Muriel ?

— Bien, mon seigneur.

Après ma punition, je sentis qu'il était préférable de garder les vieilles formalités. J'avais eu la meilleure conduite avec Fergus tout l'après-midi. J'avais fait du pain et du ragoût de viande, nettoyé et balayé le foyer, et secoué les peaux du lit. Le guerrier roux m'avait embrassé et était parti pour patrouiller le périmètre quelques minutes avant que j'entende les pas de Wulfgar sur le perron.

— Quelque chose sent bon.

— J'ai fait le diner.

Je reculai, plaçant la table entre le grand guerrier et moi. La cabane semblait beaucoup plus petite avec lui à l'intérieur.

— C'est de la simple cuisine. Je peux te servir, à moins que nous devions attendre Fergus.

— Il est demandé autre part.

Après avoir barré la porte, Wulfgar enleva son arme et posa sa hache contre le mur, pourtant il mit sa petite épée, tout près de la table.

— J'ai entendu parler de ta petite aventure aujourd'hui, m'informa-t-il alors qu'il s'asseyait.

— Je suis désolée, grimaçai-je, me demandant s'il ajouterait à ma punition, mais il écarta mon inquiétude.

— Je sais que tu t'es expiée. J'espère que ton châtiment était suffisant pour t'apprendre à faire attention.

— Il l'a été, mon seigneur.

— Bien. Cela ne me surprend pas qu'il y ait des loups qui attendent dans la forêt pour jeter un œil sur toi. Probablement l'un des potes de Siebold t'espionnant pour lui.

Il frotta une main sur son visage, la grande pente de son épaule s'affaissant de lassitude.

— La meute est agitée. C'est pourquoi j'étais parti aujourd'hui. Les Alphas m'ont appelé pour punir quelques loups rebelles.

— Es-tu le seul qui peut amener l'ordre ? demandai-je avec des mains nerveuses.

Je m'occupai avec le feu et le bol de soupe. Je m'étais habituée à avoir Fergus comme tampon entre le puissant guerrier balafré et moi. La taille de Wulfgar et son apparence menaçante me submergeaient encore.

— Les Alphas ont un grand pouvoir sur la meute, mais

quand il échoue, c'est bien pour eux d'avoir un troisième combattant puissant.

— Les Alphas m'ont dit que tu étais appelé « L'Exécuteur ».

— Ouais, Muriel. C'est le nom qu'ils me donnent.

À son ton triste, je jetai un regard choqué.

— As-tu... as-tu eu à tuer quelqu'un un jour ? questionnai-je sans pouvoir éviter de faire trembler ma voix, mais je fis de mon mieux pour enlever le blâme de ma question.

— Pas aujourd'hui. Pas demain non plus, j'espère. Tout dépend, à quel point les guerriers gardent le contrôle.

— Es-tu parfois en danger de perdre le contrôle ?

— Cela fait de nombreuses années que je n'ai pas permis à ma bête de diriger. Je crains le jour où elle le fera, ajouta-t-il dans un murmure grave, presque trop bas pour que je l'entende.

— Pas moi, laissai-je échapper avant de réfléchir.

Je me mordis la lèvre, mais il attendait déjà que je m'explique.

— Je veux dire, j'ai encore peur de la puissance du guerrier qui a presque tué Siebold. J'apprends encore qui tu es, les différentes parties de toi, homme, bête et loup. De ce que je sais pour l'instant, tu n'autoriserais jamais ta bête de blesser quelqu'un auquel tu tiens. Tu trouverais un moyen de mettre fin à tes jours avant de faire ça.

Il me fixa et son regard me frappa comme un coup de vente. Qu'importe le pouvoir qu'avait Wulfgar, cela allait au-delà de ses grands muscles et ses compétences de guerrier. La magie à l'intérieur de lui, lui donnait la capacité de diriger des hommes d'un regard, d'une pensée. Attrapée tel un poisson dans un filet, mes yeux se mouillèrent, mais je ne pus détourner le regard.

Enfin, il rompit le silence.

— Je souhaiterais que ce soit vrai. Dans le passé, cela n'a pas été exact. J'ai fait des erreurs.

Il sembla vouloir continuer, remballa le reste de son commentaire avec frustration. Quand il regarda ailleurs, je cachai mon soupir de soulagement.

— Cela sera bien pour la meute quand ta sœur Fleur se mettra en couple, mais alors nous devrons trouver des femmes pour les autres. Demander à ces guerriers d'attendre de nombreuses années de plus sans compagne... ce sera la mort certaine. La bête consumera leurs esprits. Une honte de regarder de bons hommes tomber. Des hommes qui furent un jour mes amis.

Alors que je servais son assiette, je pris sa main dans la mienne. Encouragé par sa discussion intime, j'embrassai les jointures rugueuses.

— Tout ira bien, mon seigneur.

Je laissai tomber sa main et m'éloignai avant qu'il puisse dire ou faire quelque chose. Détalant hors de portée à l'opposé de la table, je le regardai au travers d'un rideau de cheveux. Mon guerrier massif n'était pas beau, mais il y avait une solidité dans ses traits qui me plaisait. La façon dont il me fixait, je sus que ma silhouette lui plaisait aussi.

Il baissa sa tête dans le bouillon et grogna son approbation.

— Au moment de la lune, c'est bon de rentrer à la maison avec un foyer chaud et un bon repas.

— Est-ce que la meute ne sait pas comment cuisiner du ragoût ? plaisantai-je.

— Nous chassons et cuisons au-dessus de la flamme. Il n'y a rien de similaire à un sanglier rôti sous un ciel étoilé, mais après un siècle ou deux, cela devient lassant.

Bougeant prudemment à cause du plug, je me perchai au bord de la table de l'autre côté de lui. Cela mit nos têtes à la même hauteur, ce qui me donna du courage.

— Ne pourriez-vous pas vous construire des cabanes et des huttes pour que vous viviez dedans ?

— Nous n'osions pas avant que tes sœurs viennent à nous, soupira-t-il. Dans le passé, la bête avait pris le dessus et avait détruit tout ce que nous avions construit. Non, Muriel, c'est mieux pour les Berserkers de vivre comme des bêtes. Pas de maison pour nous accueillir. Pas de femme ou d'amis à mettre en danger. Nous faisons des camps et cuisinons comme des mercenaires, toujours prêts à aller au combat. Seul l'ennemi est notre propre nature.

— Une vie difficile, commentai-je en sonnant triste à mon tour.

— Ça l'est. Je suis heureux d'en voir la fin. C'est pourquoi j'ai fait tout ce que j'ai pu pour gagner les Jeux.

Levant sa corne, il me porta un toast. Après avoir bu, il laissa la corne tomber d'un fracas dans son assiette vide. Il enleva son justaucorps et le jeta de côté.

La vue de ses muscles fit saliver ma bouche. Je voulus faire courir mes mains dessus et explorer la planche solide de son ventre. Mon sexe devint chaud et humide en pensant à le toucher.

Wulfgar pencha sa tête et je sus qu'il me sentait.

— Viens ici, petite.

J'allai me tenir entre ses deux jambes épaisses comme des troncs. Aussi intimidant qu'il fût, mon cœur battit plus vite quand il mit sa main sur mes hanches et me rapprocha encore plus près.

— Sais-tu ce que j'aime plus que le lit confortable et le ragoût chaud ?

— Quoi, mon seigneur ?

— Une belle femme. Ma femme.

— Je suis sûre que mon seigneur a apprécié de nombreuses femmes.

De la douleur vacilla sur son visage, plissant en même

temps son front avec sa vieille cicatrice, mais avant que je puisse demander quelle pensée malheureuse gâchait ses traits, c'était parti.

— Je ne pense qu'à celle qui est dans mes bras.

Je rougis et tournai ma tête, alors mes cheveux tombèrent sur mon visage. Proche comme je l'étais, je ne pus pas lui cacher mon excitation.

— J'ai entendu que Fergus a travaillé pour te préparer pour ce soir.

— Oui.

— Il t'a mis le plug, n'est-ce pas ?

Je hochai la tête, trop défaite pour parler.

— Montre-moi.

Sa chaise érafla le sol en reculant de la table alors qu'il me faisait de la place pour que j'obéisse.

Embarrassée cependant comme j'étais, je n'osai pas désobéir. Me tournant, je soulevai ma robe et me penchai au niveau de la taille. Je l'entendis ravaler un souffle à la vue de mon cul avec le plug. Je mordis ma lèvre et attendis.

Quand sa caresse vint, ce fut la caresse la plus simple légère comme une plume de mes lèvres du bas. Mes genoux devinrent faibles. Je tremblai et serais tombée.

— Assieds-toi, sur mes genoux, petite femme, me proposa-t-il alors que je commençais à obéir et qu'il tirait mon fourreau. Enlève ça.

Je le fis passer au-dessus de ma tête. Me tenant nue devant lui, j'essayai de ne pas me sentir nerveuse. Je retroussai mes mains en poings, résistant à l'envie de tirer mes cheveux sur ma chair comme un vêtement.

Ses yeux vagabondèrent de haut en bas, la chaleur dans ses yeux mettant le feu à mon sang.

— Sur mes genoux, maintenant, ordonna-t-il en m'aidant à l'enfourcher.

Aussitôt que ma chaleur humide toucha son ventre dénudé, je m'exclamai.

— Est-ce que ça fait du bien ?

— Oui, mon seigneur.

Son gloussement vibra en lui et me fit toutes sortes de choses merveilleuses, en dehors et à l'intérieur. Alors que ma respiration accélérait, son attention se tourna vers mes seins nus.

— Ils sont magnifiques, dit-il avec son doigt planant quelques centimètres plus loin de mon aréole.

— Ils sont à toi pour les toucher quand tu le souhaites, lui rappelai-je.

Pendant un moment, il ne fit que ça, s'amusant. Je m'installai plus loin dans son ventre sculpté, pressant ma chaleur glissante sur son muscle rigide.

Wulfgar toucha de son pouce un téton et mes hanches firent naturellement un mouvement brusque, mon centre trouvant la caresse qu'il désirait.

— C'est ça, m'encouragea-t-il avec du doré qui se leva dans ses yeux.

Était-ce le Wulfgar homme ou la bête ?

— Balance-toi contre moi, prends ton plaisir.

Il fit rouler mes mamelons entre son grand pouce et son index. Tout nous séparait. Il était dur quand j'étais douce, grand quand j'étais petite, mais la faim dans mon corps correspondait à la lueur dans ses yeux.

Je me balançai sur lui, fermant mes yeux à la sensation. Ma chatte pulsait et du miel se déversa de mon centre, rendant son ventre glissant et facilitant mon chemin. De petites boucles de plaisir tournèrent en moi alors que je me secouai.

— Oui, murmura-t-il. Utilise-moi pour ton plaisir.

Tendant le bras, il prit le plug et commença à le tourner, poussant et tirant jusqu'à ce que mon corps s'arque comme essayant d'échapper à l'étrange sensation. De l'excitation et de l'embarras se ruèrent en moi en même temps. Avoir mon cul plein rendait ma chatte d'autant plus affamée d'une bite.

— Oh, mon seigneur...

— Appelle-moi Wulfgar.

Des dents tranchantes trouvèrent mon oreille et mordillèrent. Du liquide sortit précipitamment de moi.

— Tu vas jouir pour moi, Muriel.

— Je ne peux pas, m'exclamai-je. Fergus a dit que je ne devais pas jouir jusqu'à ce qu'il le permette.

— Fergus n'est pas ton seul maître, grogna Wulfgar.

Il retira le plug d'un bruit sec soudain. Prenant mon cul dans ses mains, il se leva. Mes jambes s'entortillèrent autour de sa taille alors qu'il me portait jusqu'au lit. Une fois-là, il se tourna et s'assit, me tenant encore sur ses genoux.

Il s'allongea en arrière, l'immense silhouette s'étirant devant moi, un émerveillement m'inspirant un panorama de muscles à explorer. Je posai ma main sur son abdomen pour me stabiliser, et sa queue devint dure contre mon cul.

— C'est ça, Muriel, m'encouragea-t-il, et je n'eus besoin d'aucun encouragement plus approfondi.

Mes petites mains tracèrent les cimes et les creux de sa grande poitrine, caressant le muscle noueux. Un jour, je serais assez brave pour embrasser là où mes mains allaient, pour cartographier son magnifique corps de mes lèvres et ma langue.

Pour le moment, Wulfgar avait d'autres projets.

— Debout, m'ordonna-t-il en me tirant sur lui et m'installant directement sur son visage.

Je m'exclamai alors que je réalisais la façon qu'il voulait que je le chevauche. La barbe de trois jours sur son menton égratigna mes endroits secrets et je me relevai. Des mains fermes me ramenèrent en bas.

— Balance-toi sur mon visage. Monte-moi.

— Wulfgar, soufflai-je, puis gémis, alors que sa bouche s'ouvrait et que de l'air chaud frappait mes parties féminines.

Mes hanches bougèrent de leur propre volonté, recherchant le plaisir refusé si récemment. Sa langue plongea dans mon canal et je jetai ma tête en arrière, chevauchant plus rapidement, la chaleur humide me surexcitant.

Mon orgasme vint soudainement, commençant bas dans mon ventre et étincelant en moi. Mon dos se durcit et ma tête fit un mouvement brusque en arrière alors que je ruais comme un cavalier sur un cheval. Les mains de Wulfgar se stabilisèrent et mordirent mes hanches, me tenant droite quand je me serais affaissée sur le lit.

Finalement, il me laissa descendre et s'étira au-dessus de moi. Son visage était mouillé.

— Muriel, murmura-t-il en disant mon nom encore et encore alors qu'il me posait et accueillait ma forme, ma poitrine s'empourpra, mon corps doux et encore tremblant de ses caresses.

— Wulfgar, prononçai-je en tendant le bras vers lui, et il n'attendit pas plus longtemps.

Il sombra en moi, mes jambes s'enveloppèrent autour de son corps massif aussi loin qu'elles iraient.

— S'il te plait.

J'agrippai ses bras et ses épaules lourdement musclées, l'attirant plus près. Finalement, je parvins à faire le tour et ratissai son dos de mes ongles.

Il hurla et alla vers l'avant, heurtant sa bite dans mon canal encore et encore. La cabane se remplit de bruits de claques mouillées. Mon corps entier s'inclina sous le sien, mes hanches se soulevant pour rencontrer les siennes, de petites supplications chuchotées échappant mes lèvres. Mon orgasme me prit et me fit me serrer autour de sa queue, des ondes de choc sans fin emportant mon plaisir sans s'arrêter.

— Wulfgar, Wulfgar, m'exclamai-je, et un sourire enveloppa son visage comme l'aube brisant la couverture de nuages, la vue la plus magnifique que j'avais jamais vue.

Enfin, il s'actionna en moi une dernière fois, son lourd corps m'épinglant alors qu'il grognait pendant son propre orgasme. Je caressai ses puissantes épaules, appréciant son poids sur moi. En sécurité, réchauffée et protégée à l'abri de sa forme massive, je lui donnai un sourire heureux à moitié couvert et traçai ses lèvres pleines à l'endroit où son propre sourire avait été. Il cligna des yeux en me regardant avec émerveillement, comme si j'étais une créature envoyée par la déesse et qu'il s'attendait à moitié à ce que je disparaisse.

Quand il commença à se lever, je lui pris son bras.

— S'il te plait, reste là un moment.

Je me souvins trop tard qu'il préférait ne pas partager mon lit, pendant nos ébats amoureux à Fergus et moi, il gardait ses distances et prenait garde à ne pas me toucher.

Mes sentiments heureux disparurent.

— C'est bon si tu ne le souhaites pas.

— Je le souhaite, Muriel, me rassura-t-il. T'ai-je fait mal ?

— Non, répondis-je alors qu'il semblait nécessiter plus de propos rassurants, alors j'enveloppai à nouveau mes jambes et mes bras autour de lui, et fermai mes yeux pour me concentrer sur la sensation de sa géante bite, devenant molle à l'intérieur de moi. Il sombra plus loin en moi, les bras venant me tenir comme je le tenais. Ses magnifiques lèvres se blottirent contre mon cou.

— Ce soir, nous te marquerons, chuchota-t-il à mon oreille. Tu seras nôtre.

CHAPITRE 6

*A*lors que le soleil sombrait, Wulfgar et moi allâmes dehors pour attendre Fergus. Mon grand compagnon me donna la permission d'errer autour de la clairière, tant que je ne m'éloignais pas dans les bois.

Le printemps avait fleuri la semaine passée. La forêt se remplissait d'oiseaux chantant, de feuilles nouvelles et de fleurs propageant leur odeur subtile dans le vent.

Dans la pénombre, Wulfgar ramassa sa grande hache et coupa du bois. Je m'assis sur une souche et le regardai alors que je m'affairai à raccommoder une de mes robes. Le geste fluide des muscles dans son large dos était fait pour une étude fascinante. Ma chatte se serra à cette vue, même si la mémoire de nos ébats amoureux était si fraîche, je pouvais encore sentir son empreinte en moi, comme s'il m'avait déjà marquée.

Je me levai et retournai à la hutte, vérifiant le pain et déplaçant la marmite de ragoût plus près du feu. Je me retrouvai à arpenter le porche de la cabane en va-et-vient, impatiente que Fergus revienne. Ce soir, eux deux me prendraient ensemble pour la revendication finale. Même si l'évidence me disait que je n'étais pas une conjointe digne, j'avais de l'espoir. Peut-être que je serais suffisamment satisfaisante pour qu'ils me gardent plus longtemps.

Une chouette vola jusqu'à une branche à proximité. La grande portée de ses ailes attira mon œil et je me tournai, surprise.

Je fus encore plus stupéfaite quand le hibou se changea en femme, avec des cheveux blanc blond et un nez comme un bec. Elle était belle, mais sa beauté était une forte coquille autour d'elle.

Avant que je puisse hurler pour prévenir Wulfgar ou fuir dans la relative sécurité de la hutte, la femme parla.

— Bienvenue, Muriel, compagne de Fergus et Wulfgar.

Mon cœur bondit et je suis qui était ma visiteuse.

— Bonsoir Yseult, l'accueillis-je en faisant une petite révérence.

Ses lèvres firent une bizarrerie.

— Tu sais alors que ce sont tous les deux mes conjoints ?

— Oui, affirma-t-elle en penchant la tête. Je vois que la meute ne sait pas encore qu'ils te partagent. Pourquoi te dissimulent-ils ?

— Ils disent que nous devons travailler sur notre lien d'accouplement.

— Et en effet, vous devriez, mais il y a beaucoup de secrets gardés ici.

Je jetai un coup d'œil vers Wulfgar, mais il ne semblait pas remarquer que la sorcière était là. Étrange qu'il l'ignore, mais je devinai que le sort qu'Yseult avait utilisé pour venir à moi gardait également notre rencontre privée.

— Je n'ai pas souhaité leur dire que j'étais inquiète, mais ils se font du souci aussi.

— Est-ce la raison pour laquelle tu m'as convoquée ? Tu as peur pour votre lien d'accouplement ?

— J'ai peur que la meute essaie et teste pour voir si mes hommes sont réellement mes compagnons.

Yseult me regarda sans ciller comme une chouette. J'essayai de me rappeler tout ce que Sabine m'avait enseigné sur la façon de traiter avec la sorcière. Je devais parler clairement et dire la vérité, et poser des questions spécifiques. Je lâchai ce que je craignais le plus.

— Est-ce vrai que Siebold essaiera de me revendiquer ?

— Pour prédire l'avenir, j'ai besoin d'un paiement. Une bénédiction.

Pendant un moment, ma gorge était trop sèche pour parler.

— Oui, tout ce que je peux donner, répondis-je. Dans les limites du bon sens.

Ce n'était pas sage de faire des promesses ouvertes à une créature de magie.

— Une mèche de tes cheveux.

— C'est tout ?

— Une partie de toi n'est pas une broutille. Cela peut être puissant, dans les bonnes mains. Je ne l'utiliserai pas pour un objectif malsain, je te l'assure.

Ses yeux brillèrent.

— Au moins, pas cette fois.

Ma poitrine se serra comme si mon cœur refusait de battre, mais je m'étais déjà engagée. Avant que je puisse y réfléchir, je sortis ma dague et découpai une tige de cheveux.

— Est-ce assez ?

— Plus qu'assez.

J'étendis ma main, mais Yseult ne bougea pas. À la place, un corbeau s'envola et arracha l'offrande de mes doigts. Je chancelai en arrière, serrant ma main sur ma poitrine pendant qu'il volait jusqu'à une branche dans les environs.

— Merci, Muriel, sourit Yseult, une expression sombre qui ressemblait à un masque sur son visage. J'ai lu les runes avant de venir ici. Oui, tu dois te lier, ou d'autres chercheront à revendiquer leur droit sur toi. Ils se battront pour ta main.

JE FROTTAI ma main à l'endroit où le bec du corbeau s'était planté.

— Je ne souhaite pas qu'il y ait plus de violence.

— Il y en aura, continua Yseult d'une voix grave et fascinante. Seule toi peux la stopper.

— Comment ?

— Tu deviens leur compagne, répondit-elle en haussant les épaules.

— Ils me prennent les deux, ensemble, ce soir.

— C'est un début. Un très bon début. Muriel, pourquoi souhaites-tu t'accoupler avec eux ?

Je regardai Wulfgar alors qu'il travaillait à peine deux cents pas plus loin. La sueur sur son dos très musclé brillait dans la lumière mourante.

— C'est mon devoir.

— Seulement ça ?

— J'ai des sentiments pour eux.

— Même Wulfgar ? L'Exécuteur de la Meute ?

— Oui.

— Je te dirai que tu dois te lier avant la pleine lune, ou ils risquent de t'abandonner en tant que compagne.

— Trois jours ? réfléchis-je en pensant que je pouvais les séduire. Attends, est-ce que les runes ont dit que c'était possible pour moi de m'accoupler avec eux ?

— Sais-tu qui tu es ? répondit Yseult en inclinant sa tête.

— Je suis Muriel d'Alba, dis-je en enroulant le tissu de ma robe entre mes doigts.

— Fille d'une guérisseuse, qui était la fille d'une sorcière.

— Ma sœur Sabine est celle avec des pouvoirs de guérison.

— Les quatre d'entre vous, tes sœurs et toi êtes des femmes-spae, une race spéciale de femmes nées avec de la magie latente. Pas vraiment des sorcières, pourtant, vous pourriez en devenir. Votre magie est naturelle, celle de la terre.

— Je n'ai pas de magie.

Le corbeau battit des ailes sur la branche au-dessus de nos têtes, comme pour contester mes paroles. Après tout, j'avais effectué le sort pour appeler Yseult, et elle était là.

— Tu as des pouvoirs, Muriel. Je ne sais pas ce qu'ils seront ou s'ils se manifesteront. Ta mère avait un grand pouvoir, mais elle craignait de l'utiliser. À la fin, elle s'est enchaînée à un homme faible et a bu jusqu'à en crever.

— Elle nous a élevées.

— Ouais. Et à présent, tu dois choisir. Choisiras-tu l'amour ou la peur ?

— Je ferai mon devoir, répétai-je doucement.

— Alors tu as fait ton choix.

Yseult épousseta son épaule et le corbeau vola jusqu'à elle, et y atterrit, laissant tomber la tige de mes cheveux dans sa main.

— Pour répondre à ta question, tu dois t'accoupler avec tes deux compagnons, ou d'autres dans la meute, essaieront de les tuer pour te revendiquer.

Mon cœur se figea.

— Seule toi peux arrêter ça, Muriel, précisa Yseult en me fixant avec un drôle d'air. Utilise tes pouvoirs. Et une autre chose.

Elle souleva sa main jusqu'à sa bouche, cachant son air satisfait. Le mot suivant, je l'entendis d'une faible voix résonnante, dite directement à l'intérieur de ma tête. Ne jamais donner une partie de votre corps à une sorcière. Cela leur permet de vous contrôler.

Elle était partie en un éclair de lumière qui me fit bondir.

Même le corbeau ne restait pas. Frottant mes yeux, je trébuchai en rentrant dans la cabane. D'après les bruits d'abattage de bois, Wulfgar était encore à sa tâche. Il n'avait pas du tout remarqué la présence de la sorcière.

Je décidai que ça ne servait à rien de s'inquiéter sur ce que la sorcière avait dit à propos de l'utilisation de mes cheveux. Il y existait de nombreuses façons pour elle de me faire du mal, si elle le voulait.

Je ne pouvais également pas perdre de temps à me demander si c'était possible pour moi d'être une femme de Berserkers. Avec les trois jours, il n'y avait pas de temps à perdre. Pour forcer le lien et éviter d'être redonnée à la meute, je devais séduire mes hommes.

Construisant le feu, j'écrasai des herbes et remplis la hutte d'une douce odeur enivrante. Je disposai de l'hydromel et de la viande sur la table, et après m'être lavée, je frottai ma peau d'une huile jusqu'à ce qu'elle brille.

Puis je me posai sur le lit pour attendre mes guerriers. Je n'eus pas à attendre longtemps. Ils vinrent piétinant en entrant... et s'arrêtèrent sur leurs pas.

Je me souris à moi-même. Mon corps nu brillait à la lueur du feu, avec uniquement mes longs cheveux bruns comme couverture. J'avais tourné le dos à la porte, m'inclinant sur le côté afin qu'ils puissent voir mes fesses et ma taille svelte, la courbe de mon dos faisant allusion au mieux à toutes les séduisantes courbes du devant. Avec une jambe calée, je pouvais facilement glisser ma main entre mes jambes et me toucher. Je le fis à présent, préparant mes plis pour mes hommes.

— Tu commences sans nous, fille ?

J'entendis les bottes et les vêtements heurter le sol.

— Mmhmm, ronronnai-je et les regardai par-dessus mon épaule.

Les quelques derniers jours me préparèrent pour la vue à

stopper le cœur de deux grands hommes musclés faisant leur chemin vers moi, leur regard résolu festoyant sur ma chair.

— Te toucher est notre droit.

Je roulai sur mon dos. Les deux bites des guerriers dépassaient pour m'inviter.

— Venez, revendiquez-moi, alors.

Ils se hâtèrent d'avancer.

— Vilaine fille. Tu n'as pas à te toucher sans notre permission.

— Pas même un peu ? demandai-je avec un air sensuel alors que je levai ma main et que j'exposais l'humidité collante sur mes doigts. Je suis prête pour vous.

— Pas vraiment, corrigea Fergus en approchant, tenant le plug en l'air.

Je roulai sur mon ventre d'un grognement moqueur. Une gifle ferme sur mon cul me fit japper.

— Allez, fille.

Des mains me tirèrent en position, la moitié sur mon ventre et l'autre sur mon flanc avec plusieurs peaux regroupées sous moi. Fergus étala de l'huile entre mes fesses avant de remplacer ses doigts par le plug glissant.

— Tu seras reconnaissante d'être étirée quand nos bites seront à l'intérieur de toi.

Je boudai, mais attrapai une de mes fesses et la soulevai pour qu'il accède facilement à mon trou du cul.

— Tu te fendras en deux.

Il sourit et tourna le plug à l'intérieur.

— Touche-toi pendant que je te baise avec.

Mordant ma lèvre, j'obéis. Fergus saisit ma jambe pliée, me maintenant immobile alors qu'il poussait le bulbe en bois dans mon orifice interdit.

Alors que le plug faisait des allers-retours, je continuai de faire papillonner mes doigts sur mon point sensible. La sensation mystérieuse semblait si mal, pourtant mes tétons gouttèrent et les endroits secrets entre mes jambes se serrèrent en anticipation.

Je gardai mon regard baissé, mais ne pus empêcher la rougeur de se répandre sur mon visage

— L'aimes-tu, Muriel ?

— Non, niai-je, mais il y avait une entourloupe dans ma voix.

Fergus gloussa doucement. Il aimait prouver son pouvoir sur moi.

— Nous t'apprendrons à jouir juste de ça. N'arrête pas de te toucher, ou tu jouiras avec des fesses rouges.

D'un grognement, Fergus bougea. Il me souleva avec facilité et mes jambes s'enveloppèrent autour de son corps.

— Monte-moi.

Fergus gifla mes fesses, me stimulant. Encore et encore, il les frappa.

Je fis comme il avait ordonné et lui donnai un spectacle, laissant mes seins rebondir sauvagement alors que je penchais mon corps de haut en bas.

— Très bien, dit Fergus. Mais je veux voir le plug.

Attrapant mes hanches, il me retira de sa bite et me tourna pour le chevaucher en faisant face à ses pieds.

Je m'assis tranquille, confuse, jusqu'à ce qu'il fasse un mouvement brusque avec ses hanches, m'empalant à nouveau. Cette fois, alors qu'il me baisait d'en dessous, il joua avec le plug, me faisant gémir. Je me sentis plus pleine que je ne l'avais jamais été, mes organes délicieusement stimulés.

— Bientôt, Wulfgar et moi te prendrons comme ça, ensemble.

Wulfgar approcha du lit, tirant sur son membre massif.

— Nous allons commencer, maintenant.

Il s'agenouilla sur le lit, et je me penchai vers l'avant presque à quatre pattes et pris Wulfgar dans ma bouche comme on me l'avait appris. Je gémis autour de lui alors que

Fergus me remplissait du dessous. Le jeune guerrier agrippa mes hanches et poussa pour me faire rebondir. Wulfgar me stabilisa.

— Essaie ça.

Fergus changea de position pour s'agenouiller derrière moi afin de me labourer de derrière. Quand il s'actionna en avant, je glissai sur la queue de Wulfgar, l'avalant plus encore. Je m'étouffai.

— Pas si fort, frère, interpella Wulfgar en tenant tendrement ma mâchoire alors que je prenais un moment pour tousser.

— Je peux le faire, rassurai-je quand j'eus repris mon souffle. Je suis prête.

J'ouvris grand la bouche, mais Wulfgar attendit jusqu'à ce qu'il soit sûr que je pouvais le prendre. Lentement, il me nourrit de sa longueur, prenant chaque côté de ma tête dans ses mains.

— Maintenant, frère, indiqua Wulfgar en donnant le signal et ils commencèrent tous les deux à bouger.

Gentiment au début, poussant et s'enfonçant à des rythmes opposés pour que je me balance entre eux.

Mes mains se fermèrent en poings dans les peaux, le corps lacéré entre la concentration pour satisfaire Wulfgar avec ma bouche et rebondir en arrière sur le membre de Fergus.

— Détends-toi, Muriel, murmura Wulfgar. Laisse-nous t'utiliser.

Sa grande main malaxa mon épaule, un pouce caressant ma joue. Je m'immobilisai et me laissai me changer en vaisseau pour leurs bites.

Leurs mouvements commencèrent lentement, se transformant en un rythme simple. Chaque fois que Fergus poussait dans mon trou humide, j'avalai Wulfgar plus loin. Leurs grognements remplirent la cabane. Je fredonnai autour de la verge de Wulfgar, et il jura et soupira. Ses mains saisirent ma mâchoire, amortissant mon menton alors qu'il commençait à accélérer ses poussées.

Fergus me percuta de plus en plus fort. Au fond de moi, des sensations de plaisir s'enroulèrent de plus en plus serrées, prêtes à se casser d'un coup sec. Mon corps commença à trembler.

— Elle est prête, gronda Wulfgar au-dessus de moi.

Je levai les yeux et il avait développé une collection démente de canines, prêtes à mordre ma chair. Je porterais la cicatrice pour toujours.

— C'est le moment.

Ils changèrent de position. Wulfgar était posé sur son dos avec son membre prêt en position. Fergus me guida pour enfourcher le grand guerrier, puis me poussa de plein fouet vers sa poitrine. Grasse de ma bouche, la bite géante glissa facilement dans ma chatte.

Wulfgar saisit mon menton. Inclinant ma tête vers le haut, il m'embrassa longuement et fermement. Sa langue plongea profondément.

Derrière moi, Fergus retira le plug.

Avec ses doigts, il étala quelque chose de glissant autour de mon trou noir, me stimula et m'étira plus pendant que je gémissais dans la bouche de Wulfgar. Mon cul semblait étrangement vide.

— Parfait, annonça Fergus.

Avec deux mains fermes tenant mes fesses écartées, il mit sa queue au niveau de mon canal arrière et poussa à l'intérieur.

— Oh, s'il vous plait, oh s'il vous plait, m'exclamai-je.

La grande corpulence de Wulfgar et la longueur de Fergus se pressèrent dans mon simple esprit, sortant toute pensée de ma tête à part la sensation de leurs bites envahissant mon corps. Je m'agitai entre eux.

— Shhh, apaisa Wulfgar, alors même que Fergus jura au-dessus de moi.

— Par la lune, Muriel. Tu es la déesse incarnée.

Je pressai mon front sur le cou de Wulfgar, tremblant. Mes hommes m'avaient mise en sandwich entre eux, empalée sur leurs verges. Je pouvais à peine bouger, encore moins réfléchir.

— Vas-tu bien, ma douce ? s'assura Wulfgar en caressant mes cheveux et les utilisant pour mener ma tête en arrière pour le regarder.

— Mmm, répliquai-je.

Son visage se froissa d'un sourire.

Je clignai plusieurs fois des yeux avant de trouver ma voix.

— Maintenant quoi ?

— Maintenant... commença-t-il en mettant ma tête en arrière contre les muscles regroupés de son épaule.

Ses lèvres trouvèrent mon oreille pendant que ses grands bras s'enveloppaient autour de moi pour me stabiliser encore plus.

— Nous te baisons.

Ses hanches commencèrent à bouger, fauchant ma chatte d'avant en arrière. Des fluides dégoulinèrent.

Au-dessus de moi, Fergus agrippa ma taille et commença également à glisser de l'intérieur à l'extérieur de moi.

Fermant les yeux, j'empoignai Wulfgar. Tout ce que je pus faire fut de tenir bon et me rappeler de respirer alors que mes hommes m'utilisaient pour notre plaisir.

Ils me balancèrent entre eux et envoyèrent tout mon corps chanter.

Mon orgasme souffla en moi et continua, une ondulation sans fin. Le plaisir persista à augmenter et se développer en moi, seulement pour me laisser tomber d'une grande hauteur, où je volai en éclats. Alors que je récupérais juste, les sensations commencèrent à s'additionner. Des bruits s'échappèrent de ma gorge, des halètements et gémissements incohérents qui semblèrent conduire mes hommes dans une frénésie.

Fergus poussa en moi de plus en plus fort, ses hanches claquant contre mon cul. Wulfgar tira mes cheveux, tordant ma tête de côté. Il posa ses dents sur mon épaule et la piqûre perça ma brume heureuse.

— Oui, sanglotai-je. Faites-moi mal. Je suis vôtre.

Les dents se retirèrent et la douleur atténuant le bord tranchant du plaisir manquant. Mon corps était vaincu.

Je pressai fort mes trous, fermement, et Fergus vint, ruant au-dessus de moi. Les grognements de Wulfgar me dirent qu'il avait joui aussi.

Le corps toujours chantonnant, j'attendis, flasque sur le large corps de mon amant, mais les dents ne percèrent pas ma peau.

Fergus embrassa mon dos et mes deux fesses, me chatouillant avec un visage mal rasé avant de s'effondrer à côté de nous sur le lit.

Sa main trouva la mienne et s'entortilla dedans. La chaleur m'inonda.

— Mais qu'en est-il du lien d'accouplement ? essayai-je de demander, mais mes mots sortirent en un marmonnement inintelligible.

Un gloussement grondant me secoua. Wulfgar repoussa mes cheveux de mon dos et caressa ma peau de ses mains rugueuses.

— Dors, petite.

Je marmonnai encore, mais sa voix et ses caresses apaisantes étaient aussi puissantes qu'une longue pression sédative, et je dormis.

* * *

L'AIR glacial souffla sur mon visage en rafales et je tressaillis.

— Froid, grognai-je.

— Reste au lit, petit. Fergus sera bientôt de retour. C'était son tour de rapporter du bois.

Wulfgar se pencha sur moi pour border une grande robe de fourrure autour de moi avant de se rasseoir à côté du feu.

Je mordis ma lèvre et ne demandai pas la raison pour laquelle il éviterait ma couche.

La douleur s'attardait dans ma chatte, un rappel plaisant des évènements de la nuit. Mes hommes m'avaient prise entièrement. Yseult approuverait.

Pourtant, ils ne m'avaient pas encore fait des marques de revendication. Je touchai mes épaules et fronçai les sourcils.

Wulfgar avait été si proche de me marquer, et puis s'était retiré. Pourquoi ? Qu'avais-je fait de mal ?

Des ombres jouèrent sur le visage du grand guerrier alors qu'il buvait dans une corne et regardait le feu.

Fergus entra, sa respiration telle de la fumée.

— Ça tombe fortement dehors, dit-il en époussetant la poudre blanche de ses épaules et secouant ses pieds. J'ai stocké plus de bois sur le porche, en dehors du déluge.

— De la neige durant le printemps ? m'étonnai-je en m'asseyant et tirant la robe en peau d'ours autour de mon épaule.

Les points rouges sur les joues et le nez de Fergus me firent frissonner de compassion.

— Il y a eu des bourrasques aussi tardives que l'été dans cette partie du monde.

Wulfgar tendit la corne d'alcool à son frère d'armes.

— C'est pas seulement de la neige, c'est une tempête, continua soudain Fergus. J'ai senti quelque chose d'étrange dans le vent plus tôt quand je revenais à la maison. Cela devait être le vent d'hiver, se faufilant.

Je frémis de nouveau. Yseult avait rendu visite à la fin de

l'après-midi. Est-ce que Fergus l'avait sentie ? Est-ce que sa présence magique avait perturbé la météo ?

— Froid, chérie ? demanda Fergus en venant vers moi, frottant ses mains ensemble. Je peux penser à un moyen de te réchauffer.

— Fergus, non, tu as de la neige sur toi...

Le jeune guerrier s'arrêta et enleva ses vêtements. En un éclair, il s'était transformé en loup rouge. Une ferme secousse envoya voler le reste des flocons fondants. Ils grésillèrent sur le foyer et Fergus bondit dans le lit. La langue pendante, il s'allongea à moitié sur moi.

— T'es mouillé, protestai-je. Et lourd.

Il lécha mon visage et je postillonnai. Après une minute, je devais admettre que son poids et son lourd manteau de fourrure me réchauffaient.

Wulfgar était assis, nous regardant d'un petit sourire.

— Tu viens dans le lit ? invitai-je.

— Je dois patrouiller, déclina-t-il en secouant la tête.

— Sûrement, la neige tiendra nos ennemis à l'écart.

— Ce n'est pas la raison pour laquelle je patrouille, Muriel. Ma bête n'aime pas les espaces confinés.

— Mais...

Je regardai Fergus pour avoir de l'aide, mais il me fit seulement des yeux tristes de loup et soupira.

Wulfgar souleva la grande hache et s'éclipsa par la porte, me laissant, piégée sous un géant loup endormi.

* * *

JE DORMIS PAR INTERMITTENCE, entendant des échos des voix de mes hommes dans mes rêves, pourtant Wulfgar était parti toute la nuit et Fergus était sous sa forme de loup.

— *Le lien, le sens-tu ?*

— *Pas encore, Petit Rouge.*

— *Je pensais qu'il se formerait quand nous l'avons pris tous les deux, ensemble.*

— *Peut-être après quelques nuits. Bientôt.*

Je me réveillai avec une nouvelle détermination pour former le lien.

Fergus s'était Transformé en homme pendant qu'il dormait. Comme d'habitude, il se réveilla affamé.

— Mmm, fit-il en se blottissant dans mon cou.

— Fergus, ça chatouille.

Ses dents broutèrent mes épaules et je fermai les yeux.

La porte claqua et Wulfgar se profila au-dessus de nous.

— Pas de ça, frère, grogna Wulfgar à Fergus.

Avec ses canines allongées, les dents de Fergus paraissaient malfaisantes.

— J'allai juste faire une petite morsure.

— Pas encore, protesta Wulfgar.

Je soupirai et m'affaissai en arrière sur le lit. Je devais gagner sur mon compagnon géant.

— Est-ce que la tempête est partie ? demanda Fergus alors que Wulfgar s'accroupissait près du feu.

— S'est fini tard la nuit dernière. Il y a de la neige de la hauteur de l'oreille d'un lapin, mais la journée est déjà en train de se réchauffer. D'ici midi, la majorité sera fondue.

— Météo bizarre, remarqua Fergus, et Wulfgar grogna son approbation.

— Si la rivière s'amplifie, nous aurons peut-être à quitter la cabane, rechercher des terres plus hautes.

— Il va bientôt être le moment de retourner à la meute, précisa Fergus en me jetant un coup d'œil, de manière révélatrice.

Je résistai à l'envie irrépressible de couvrir mes épaules. Une nuit de baise, et je n'étais toujours pas marquée. Que dirait la meute ? Mes sœurs et tout le monde sauraient que j'avais échoué en tant que promise de Berserkers.

— Sachant que nous sommes bloqués à l'intérieur par la neige...

Fergus agrippa la robe me recouvrant et l'enleva. Je hurlai, l'attrapant pour protéger ma forme nue.

— Fergus, il fait froid !

— Bien, dit-il en tenant la robe hors de portée. Que me donneras-tu pour la reprendre ?

— Un baiser, boudai-je.

— Très bien. Viens m'embrasser alors.

Plongeant en arrière sous les couvertures offertes, je me tortillai pour faire face à Fergus.

— Bonjour, souris-je, entortillant mes bras autour de son cou.

— Bonjour, fille, répéta-t-il en m'embrassant.

Je me séparai et tendis le bras vers Wulfgar.

— Viens t'étendre avec nous, invitai-je.

Il sourit et se tint debout. Je gardai ma main tendue alors qu'il étirait et enlevait ses bottes et ses vêtements.

Pendant ce temps, Fergus embrassait mon cou. Je m'éloignai de lui en roulant, les bras croisés sur mes seins.

— Je ne suis pas encore votre compagne, n'est-ce pas ?

— Tu es ce qu'on dit que tu es.

— Fergus, commençai-je à protester, mais je ne pus pas argumenter contre ses baisers ardents, appuyés sur la courbe de ma colonne.

Sa petite barbe me chatouillait et me fit frissonner, prête pour des baisers à un autre endroit.

Comme s'il connaissait mes pensées, il saisit mes jambes et me retourna.

— Je sais ce que je veux manger pour le petit-déjeuner.

— Fergus, non... Je ne me suis pas lavée.

Mes hommes m'avaient lavée du mieux qu'ils pouvaient, mais mes propres jus se mêlaient à leurs semences.

146

— Tu sens comme nous, déclara Fergus alors que sa barbe de trois jours éraflait mon cul.

Ses dents me mordillèrent et je jappai.

Wulfgar s'assit et je crapahutai vers lui, rampant sur ses genoux.

Il ne sourit pas complètement, mais ses yeux se plissèrent et il m'aida à l'enfourcher.

Je lissai mes mains sur ses larges épaules, pressant les muscles de granite. Sa taille et son odeur masculine firent frémir mes organes.

— Que veux-tu faire ce matin ?

Le grand guerrier saisit une poignée de mes cheveux et la serra pensivement.

— Toi.

Avec une main dans mes cheveux et une maintenant sur mes hanches, il s'enfonça en moi.

Ma tête tomba en arrière, mes ongles creusant ses bras pour trouver de l'adhérence. M'amenant plus près, il se blottit dans mon cou. Mouillée et prête, ma chatte se serra autour de lui alors que j'attendais qu'il me revendique.

— Marquez-moi, chuchotai-je. S'il vous plait.

Le désir vacilla sur son visage, suivi par de l'inquiétude.

— Pas encore.

— S'il vous plait. Je le veux. Nous devons nous lier.

Ses hanches firent un mouvement brusque une fois, et puis, il me souleva de sa verge et m'enleva.

Fergus prit mes cheveux et les utilisa comme une laisse pour m'attirer vers lui.

— Penses-tu au lien et pas à nous satisfaire ? Vilaine fille.

Je me retrouvai sur ses genoux. Il fessa mon cul jusqu'à ce que je crie. Aucune des gifles ne fit vraiment mal, et ma chatte coula tout le long de sa jambe.

S'arrêtant, il vérifia entre mes cuisses.

— Trempée d'humidité. Ça t'apprendra à faire attention. Nous devrons réfléchir à une pire punition.

— Fais-le, grogna Wulfgar.

Avec une main ferme dans mes cheveux, Fergus emmena ma tête en arrière. Son autre main tint tendrement ma gorge.

— Aimerais-tu ça, Muriel ? Je peux te faire goûter le fouet. Il a une petite morsure, mais peut aussi te donner du plaisir.

Mes yeux étaient lourdement couverts par mes paupières, mon corps inondé de désir.

— Oui, s'il vous plait. Fouettez-moi, marquez-moi, faites que je sois vôtre.

Dans mon esprit, je me vis étirée devant eux. Utilisant un fouet de molles bandes de peau de biche avec une extré-mité attachée à un manche, Fergus flagella mon avant et mon dos jusqu'à ce que ma peau soit rouge et striée. À la pensée de l'image érotique, mon corps se secoua d'un plaisir accablant.

Je vins, haletante et essoufflée.

— Vilaine. Tu ne mérites pas nos bites.

— S'il vous plait, suppliai-je.

M'accroupissant à quatre pattes, je levai mon cul et baissai ma tête, m'offrant à eux comme une pute en chaleur.

Quand je jetai un coup d'œil en arrière, mes deux conjoints avaient les yeux dorés.

Puis, Wulfgar secoua sa tête.

— Finis-la, Fergus, annonça-t-il. Je dois y aller. Les Alphas m'appellent.

Il sortit en marchant.

Je brisai ma position, écrasant des larmes de mes oreilles.

— Fille, pourquoi pleures-tu ?

— Je le veux. C'est vrai. Je veux me lier avec vous deux.

— Tu le feras, ma douce. Pourquoi n'as-tu pas confiance en nous ?

— Parce que cela n'est pas encore arrivé ? Et si ça n'arrive jamais ?

— Chut, fille. Tu t'inquiètes trop.

L'avertissement de la sorcière était sur le bout de ma langue, mais je la mordis pour le ravaler.

— Et si je ne peux pas me lier avec vous ? J'ai peur. Je ne suis pas comme Brenna ou Sabine.

— Ta nature soumise fait de toi une conjointe parfaite pour nous. Tu es si, si bonne, mais apeurée. Nous espérons, avec le temps, de briser ta coquille et laisser sortir la vraie Muriel.

— Je suis la vraie Muriel, soufflai-je.

— Ne boude pas, chérie, dit Fergus en tirant mes cheveux. Réfléchir autant au sujet du lien n'est pas bon pour toi. Les liens se forment là...

Il posa une main sur ma sœur, exactement là où la douleur était.

— Quand le moment sera le bon, tu le sentiras.

À moins que je ne puisse pas du tout me lier. Je m'en débarrassai pour ne pas pleurer.

— La matinée passe. Puis-je aller dehors aujourd'hui ?

— Ouais, fille. Il fait assez chaud à présent, je peux t'emmener.

Dehors, un groupe d'arbres avait explosé des fleurs blanches, comme pour célébrer le passage de l'étrange tempête de neige. J'épilai les branches pour faire une couronne de fleurs pendant que Fergus gagnait haut la main sous sa forme de loup dans une flaque de boue.

Il vint vers moi, la fourrure mouillée et sale, et je reculai.

— Non, non. Je ne veux pas me salir. Et tu ferais mieux de te laver dans le ruisseau avant d'aller dans la cabane, réprimandai-je avant de retourner à mes fleurs.

Petite Muriel. Toujours à faire son devoir.

Je tournoyai, mais il y avait que le loup rouge, haletant

gaiement. Pourtant, j'avais entendu la voix de Fergus claire comme de l'eau de roche.

Peut-être que la magie de la sorcière s'attardait encore ou que j'étais devenue aussi féérique que Fleur, à entendre des choses que personne ne disait.

J'avais fini une couronne et en commençais une autre que je ferais porter autour du cou du loup de Fergus, une menace que j'avais prononcée pour garder à distance ses pattes boueuses de ma robe, quand les buissons s'agitèrent. Un éclair de blanc et je chancelai en arrière, juste à temps pour éviter un loup géant de s'écrouler sur moi.

— Fergus, criai-je.

Avec une bourrasque de magie, le loup blanc devint guerrier Berserker avec des sourcils abondants et une crinière blanche courant sur ses cheveux autrement noirs.

Fergus me repoussa en arrière d'un mouvement brusque, se plaçant entre l'intrus et moi.

Un second loup rejoignit le premier et se transforma en guerrier avec la même rafale de magie, et crépitement de peau et d'os changeants, à remuer l'estomac. Les deux étaient nus excepté un pagne et une peau de loup jetée sur leurs épaules. Leurs yeux brillaient, mais ils n'avancèrent pas. Alors que nous attendions, les buissons derrière eux ondulèrent à l'arrivée d'un troisième loup.

— Muriel, vite, va à l'intérieur et barricade la porte. Tu ne dois pas sortir, chuchota Fergus.

— Qu'est-ce qu'il se passe ? Sont-ils de la meute ?

— Ne t'en occupe pas. Reste à l'intérieur, ils ne te blesseront pas.

Les deux guerriers en attente restèrent silencieux. Une décharge de vent leva le bord de mes jupes et Siebold sortit à grands pas de la forêt. Autre qu'une cicatrice rouge lumineuse au travers de sa poitrine, le blond avait guéri de ses graves blessures de guerre.

Seulement deux jours, et il était venu pour moi. La sorcière avait tort.

— Muriel, à l'intérieur, maintenant.

— Non, Fergus, il est là pour moi, protestai-je en agrippant son bras. Ils te feront du mal.

— Muriel, piqua-t-il. Écoute-moi.

— Eh bien, si c'est pas l'avorton. Où est l'Exécuteur ?

Souriant malicieusement, Siebold s'approcha de nous, ramassant la couronne laissée au sol.

Ne portant qu'un pagne, Fergus so positionna entre le blond et moi.

— Wulfgar m'a mis en tant que garde. Il est en chasse.

— Il devrait mieux prendre soin que sa petite pute ne s'éloigne pas. Autrement, un autre loup pourrait la saisir.

— Muriel, pour la dernière fois, rentre à l'intérieur, sortit Fergus.

— Non, je ne te laisserai pas, fis-je derrière lui en restant sur place. Wulfgar, s'il te plait viens, priai-je.

— Comment c'est de s'étendre avec l'Exécuteur ? T'a-t-il déjà cassé ?

— Ne réponds pas, ordonna Fergus. Tu ne peux pas directement lui parler à moins que Wulfgar ne soit là.

— Sais-tu ce qu'a fait Wulfgar à la dernière femme qui s'est allongée avec lui ? alimentèrent Siebold et les trois autres, faisant à présent des cercles, essayant de trouver une ouverture. Devrais-je te le dire, Muriel ? Es-tu assez courageuse pour entendre la vérité sur ton compagnon désigné ?

— Ne l'écoute pas, conseilla Fergus, et mes doigts se serrèrent sur son bras.

— Tu es reliée avec un loup qui tue ses amantes. La dernière fois que Wulfgar s'est allongé avec une femme, il a perdu le contrôle de sa bête et a cassé net son cou. Tu devrais me supplier de faire appel aux Alphas. Si tu es chanceuse, ils écouteront et te donneront à moi.

— Je préfèrerais mourir qu'être avec toi, Siebold, dis-je d'un ton sec en retour, ignorant l'avertissement de Fergus. Wulfgar est dix fois le guerrier que tu es.

Siebold grogna.

Fergus gronda en réponse.

— Assez ! rugit Wulfgar avec une pointe de pouvoir qui souffla mes cheveux en arrière, en marchant à grands pas dans la clairière.

Ignorant les intrus, il croisa mon regard et fit un mouvement brusque de la tête vers notre habitation.

— Dans la hutte, Muriel. Maintenant.

Je levai mes jupes et courus. Fergus suivit, s'arrêtant à mi-chemin entre la cabane et les guerriers ennemis. Glissant à l'intérieur, je gardai la porte ouverte de la taille d'une fissure.

Siebold et ses potes encerclaient à présent Wulfgar. Le guerrier géant reste planté à un endroit. D'un bâillement, il s'étira, son cou craquant comme s'il se Transformait.

— Venu me défier à nouveau ? La raclée devant la meute entière n'était pas suffisante à ton goût ?

De la fourrure germa sur les bras de Siebold alors que sa bête gagnait du contrôle, mais son visage reste humain.

— J'ai surpris ta compagne à se promener sans toi. Elle lambinait avec l'avorton. Si tu ne peux même pas la mettre au pas. Pourquoi devrais-tu être son compagnon ?

— Ma compagne passe son temps avec les personnes que j'autorise, répondit Wulfgar.

Il paraissait parfaitement à l'aise, les mains sur ses flancs, le corps positionné sur la plante de ses pieds.

— Tu le laisses à proximité d'elle ? Si tu la partages avec l'avorton, peut-être que tu la partageras avec le reste de la meute.

Avant que Siebold ne s'arrête de parler, il fonça vers l'avant. Wulfgar grogna, un son grave et effrayant, qui défit ma colonne vertébrale.

Siebold se stoppa.

Wulfgar le désigna.

— Tu resteras à l'écart d'ici. Sous peine de mort. Les Alphas me permettront de te tuer pour avoir pénétré sans autorisation sur mon territoire et menacer ma femme.

— Ce n'est pas fini, cracha-t-il.

Faisant un signe silencieux à ses potes, il partit d'un pas raide.

Juste comme ça, ce fut fini.

Je reculai de la porte, essuyant mes paumes moites sur ma robe.

Fergus vint en premier dans la cabane et s'avança vers moi, les yeux dorés brûlant.

— Je t'ai dit d'aller à l'intérieur. Pourquoi n'as-tu pas fait ce que je disais ?

— Ils t'auraient fait du mal. Je ne pouvais pas laisser ça arriver.

D'un coup puissant, il envoya le seau d'eau s'écraser dans le mur. Je bondis.

— Ce n'est pas de ton devoir de m'empêcher de combattre Siebold. Je suis supposé être celui qui te protège.

— Mais tu n'es pas assez fort, me justifiai-je. Siebold est plus gros et il te hait. Il veut te tuer. Ne vois-tu pas ? Je ne peux pas laisser ça arriver.

Le visage de Fergus devint rouge. Je mordis ma langue, souhaitant reprendre ce que j'avais dit.

La porte sortit presque de ses gonds alors que Wulfgar l'ouvrait et entrait, les yeux dorés féroces. Il me désigna.

— La prochaine fois que Fergus te donnera l'ordre d'aller à l'intérieur, tu y vas, immédiatement. Compris ?

— Un bon fouettage la fera obéir, grogna Fergus.

Je croisai les bras sur ma poitrine.

— Punissez-moi. Fessez-moi, fouettez-moi même. Je voulais seulement te savoir en sécurité.

— Vas-tu mener mes propres batailles à présent ? demanda Fergus.

Je me tournai vers Wulfgar.

— Siebold m'a accusé de lambiner avec Fergus derrière ton dos. Je devais faire quelque chose.

— Tu aurais dû obéir, rectifia doucement Wulfgar en restant près de la porte, son corps à bout à cause de la tension. Fergus peut s'occuper de Siebold. Tu ne peux pas.

— Pourquoi Siebold allait-il dire à la meute que je te suis infidèle ? Ne savent-ils pas que Fergus et toi partagez un lien fraternel ?

Un regard coupable, et la vérité vint à moi.

— Ils ne le savent pas, n'est-ce pas. La meute ne sait pas que vous êtes liés tous les deux. C'est pourquoi personne ne m'a prévenue que je finirais avec deux compagnons.

Je me tournai vers Wulfgar.

— Ils savaient que tu avais gagné. Wulfgar le grand guerrier, l'Exécuteur. Personne ne pourrait se tenir devant toi. Personne ne savait que je finirais avec deux conjoints au lieu d'un.

Je pivotai pour faire face à Fergus.

— Tu t'es lié d'amitié avec moi. Tu m'as séduite depuis le début. Pourquoi ne m'as-tu pas parlé du lien ?

— Cela devait être un secret.

— Nous aurions dû te le dire, se confier à toi, avoua Wulfgar. En des circonstances normales, nous aurions pu t'attirer et te faire la cour.

— Mais, nous ne pouvions pas, continua Fergus. S'il te plait, comprends. Je voulais te le dire, mais trouver un moyen d'être avec toi était le plus important.

— Plus important que me dire la vérité ?

Son menton ressortit.

— Les jeux étaient notre meilleure chance, et garder notre lien caché nous donnait un avantage.

— Cela vous fait du mal, dis-je franchement. Vous seriez plus fort si vous ne gardiez pas secret votre lien à la meute.

Les sourcils de Wulfgar se plissèrent.

— Peut-être. Mais nous le garderons entre nous pour le moment.

— Qu'est-ce qui te fait dire ça, Muriel ? demanda Fergus.

— Je ne sais pas. Ce n'est pas grave, assurai-je en passant une main sur mon visage, espérant pouvoir essuyer les évènements de la journée aussi facilement. J'aurais souhaité le savoir plus tôt. J'aurais pu te choisir.

— Quoi ? dirent mes deux guerriers à la fin.

— À la toute fin, les Alphas m'ont donné un choix. Je pensais que cela enverrait la meute dans le chaos. Je n'ai pas pris ma chance. Si j'avais su, j'aurais pu vous choisir tous les deux et Siebold ne serait peut-être pas à planifier ses tours.

— Nous avons fait ce que nous pensions le mieux, se justifia Wulfgar à voix basse.

— Et je fais mon devoir, essayai-je et échouai-je de retirer l'amertume de mon ton.

La hutte fut soudainement trop petite pour les trois d'entre nous. J'allais me tenir devant le feu et fixer les flammes.

Pas grave, qu'ils ne m'aient pas fait confiance. Pas grave que mon destin avait reposé dans les mains d'hommes que je connaissais à peine et qui ne me laisseraient même pas les aider, parce qu'ils pensaient que je ne le pouvais pas. Sabine et Brenna chantaient les louanges des meutes pour leur courage et leur force. Chaque jour qui passait, cela devenait plus clair que je n'étais pas capable d'être une compagne de Berserkers.

— C'est mal, déclarai-je ouvertement. Vous l'avez caché à la meute, mais vous me l'avez aussi caché. Les partenaires ne gardent pas de secrets. Pas parce qu'ils ne veulent pas, mais

parce qu'ils ne peuvent pas. Vous ne pouvez pas parler d'esprit à esprit, n'est-ce pas ?

— J'ai des pensées, des impressions de sensations,
expliqua Wulfgar. Quand il le souhaite, j'entends sa voix
résonner dans ma tête. Pas tout. Mais la majorité peut être
partagée, oui.

— Vous devez me faire confiance, dis-je. Si vous pensez
vraiment que j'ai assez de courage pour être à vous, alors
vous me traiterez comme une égale. Protégez-moi là où je
suis plus faible, mais faites-moi confiance et confiez-vous à
moi, comme vous m'avez demandé de croire en vous.

— Tu as raison, Muriel, affirma Wulfgar d'un ton doux
qui me dit que sa bête avait reculé. Tu nous ramènes à la
réalité et nous te supplions de nous pardonner.

Wulfgar vint à mes côtés et inclina mon corps pour que je
fisse face aux deux hommes.

— Accordé.

— Nous avons attendu si longtemps une compagne, nous
apprenons encore ce que cela veut dire, ajouta Fergus.

— Je vous aime. J'ai aimé peu de choses dans ma vie,
parce que c'était plus sûr d'être à l'abri, commençai-je en
priant dans mon cœur pour que ce soit suffisant. Je crains
que mon amour ne soit pas assez. Je dois me lier avec vous ou
Siebold vous défiera encore pour m'avoir.

— Qui t'a dit ça ?

— La sorcière, admis-je après avoir hésité.

— La sorcière ? grogna Wulfgar en poussant vers l'avant.
Je pensais l'avoir sentie et son genre.

Ses mains me cherchèrent. Prenant mon menton dans ses
paumes et inclinant ma tête, courant le long de mes bras et
de mon torse, il s'assura qu'il n'y avait aucune marque.

— Est-elle venue près ? T'a-t-elle touché ?

— Pourquoi apparaitrait-elle ? Est-ce qu'elle voulait nous
nuire ? demanda Fergus à Wulfgar qui grogna.

Je balayai les mains inquiètes de Wulfgar.

— Non, elle ne veut pas faire de mal. Je l'ai invoquée.

Le silence, et tout l'air quitta la pièce.

— C'était simple. Sabine m'a appris le sort. J'étais inquiète de ne pas avoir de magie, mais quand j'ai fait le rituel, Yseult est venue.

Je pus à peine regarder l'air horrifié de mes guerriers.

— Pourquoi ferais-tu ça ?

— Je voulais savoir ce que je devais faire pour me lier à vous, me justifiai-je en enveloppant mes bras autour de moi, mes organes se sentaient pitoyables. Je pensais qu'elle pouvait prédire l'avenir et me dire le résultat de notre accouplement.

— Muriel, s'exprima Wulfgar en agrippant mes épaules une nouvelle fois, avec prudence. Qu'est-ce que tu as échangé pour cette information ?

— Une mèche de mes cheveux. Cela paraissait un petit prix.

Le géant lança un soupir et ferma ses yeux.

— Je suis désolée. Je ne l'aurais pas fait si je n'avais pas eu peur.

— Muriel, dit Fergus en secouant la tête. Tu t'es mise en danger. Tu as fait ça derrière notre dos...

— Je dois me lier à vous, pleurai-je. J'ai uniquement d'ici la pleine lune. Les runes ont dit que Siebold vous défiera pour m'avoir, Fergus. Il peut construire un argument comme quoi vous ne m'avez pas gagné, seul Wulfgar l'a fait. Il te combattra et te tuera.

— Es-tu sûre ? Tu ne penses même pas que j'ai une chance dans ce combat ?

— Fergus, implorai-je en tendant mes mains, en une supplication silencieuse. Si tu avais pu lui faire face et gagné, pourquoi ne l'as-tu pas fait dans les Jeux ?

Je n'aurais pas pu donner un coup plus fort avec mes

poings. Fergus me fit face, son expression était féroce.

— Tu ne penses pas que je suis assez bon. Tu ne crois pas que je sois digne d'être ton compagnon.

Bouche bée, je regardai Wulfgar pour avoir de l'aide.

— Non, Fergus, c'est toi qui penses que tu n'es pas assez fort pour mériter Muriel, corrigea doucement le grand guerrier.

— Peut-être que je ne le suis pas. Mais j'aimerais, au moins, avoir la chance de prouver mes chances, jura Fergus. Des secrets, des mensonges et un manque de confiance. Pas étonnant que nous ne puissions pas nous lier.

— S'il te plait, arrête, dis-je en tordant mes mains. Ne... tu déformes mes mots. C'est ma faute que nous ne soyons pas liés.

— Ce n'est pas uniquement toi, rectifia Fergus. Tu prends trop sur toi, Muriel.

— C'est mon devoir.

— Devoir, cracha-t-il. Peut-être que la bête te ferait t'accoupler avec nous par amour, pas par devoir.

— Tu n'aurais pas dû aller derrière notre dos, Muriel. Nous avons besoin que tu nous fasses confiance, déclara Wulfgar.

— Punissez-moi, alors, proposai-je en regardant d'un guerrier à l'autre. Il y a beaucoup à expier.

— Ce n'est pas si simple, déclara Fergus en secouant la tête et s'éloignant. La confiance n'est pas si simplement regagnée.

— S'il te plait, ne me quitte pas, suppliai-je en le suivant. J'essayais d'être courageuse, d'être bonne. J'essayais de vous protéger !

— Tu prends mon honneur, Muriel, lança-t-il en tournoyant sur moi pour me donner le coup final. Tu aurais mieux dû me laisser seul.

Alors qu'il partait, il claqua la porte.

CHAPITRE 7

ulfgar passa à côté de moi et s'accroupit près du foyer pour mettre plus de rondins dans le brasier. Il garda son dos tourné vers moi, ses larges épaules tendues comme si elles attendaient un coup.

— Me laisses-tu ? me risquai-je à demander quand il se leva en époussetant ses mains.

— Non. Tu ne dois pas être laissée à nouveau seule.

— Tu peux me faire confiance.

Il ne répondit pas, mais attrapa un gros morceau de pain et un pichet d'hydromel, et commença à partir.

— Bonne nuit. Si tu as besoin de moi, je serai sur le porche.

— S'il te plait, viens dans le lit, suppliai-je. S'il te plait, serre-moi dans tes bras.

— Non, petite. Je n'oserais pas.

— Est-ce à cause de ce que j'ai fait ?

— Non, répondit-il en paraissant démoralisé.

— Est-ce parce que... tu as peur de me faire mal ?

Pas de réponse.

— C'est vrai alors, ce que Siebold a dit ? Tu as tué la dernière femme qui a partagé ton lit.

— Ce n'est pas quelque chose dont je veux discuter avec toi.

— S'il te plait, insistai-je, alors même qu'une crainte froide changeait mon estomac en pierre. Qu'il n'y ait plus de secrets entre nous.

— Très bien, soupira-t-il. C'est vrai. J'ai aimé une femme, nous nous sommes allongés ensemble et un matin je me suis réveillé à côté d'elle, et elle était morte. Siebold le sait, car il nous a découverts.

— Dis-moi que ce n'est pas vrai, m'exclamai-je en couvrant ma bouche.

— J'aimerais que ça ne le soit pas. J'ai travaillé tellement dur pour ne pas te donner une raison de me craindre, mais peut-être, que c'est ce que veut la bête. Ta peur et ton obéissance.

Ses doigts tracèrent mes traits et tombèrent pour tourner autour de ma gorge.

Je restai immobile, le pouls martelant contre sa paume.

Sa prise se desserra et il recula.

— Non, m'écriai-je en le retournant.

— J'espérais que nous nous lierions et que le désir insatiable de la bête disparaitrait. Mais, il cogne encore en moi.

— Reste avec moi, invitai-je en étirant mes bras. Je veux aider.

— Tu ne devrais pas me faire confiance. Je ne crois pas en moi.

— S'il te plait.

— Non. Ne dis rien de plus, Muriel. J'ai fini pour la nuit. Je suis perdu.

Il s'arrêta à la porte et parla par-dessus son épaule.

— Dors un peu. Je monterai la garde, dehors.

La porte craque en se fermant derrière lui.

J'étais allongée dans le lit, trop abasourdie pour pleurer. Une semaine, et j'avais fait se briser en éclats mes compagnons. Wulfgar et moi n'avions pas surmonté nos peurs. Et Fergus, mon premier amour, ne pouvait même pas me regarder. Qu'avais-je fait ?

Alors que l'aube approchait, je pris une robe de fourrure et me posai devant le feu mourant, trop fatiguée pour le renforcer. Aujourd'hui, je ferai le voyage jusqu'à la meute. Fergus et Wulfgar méritaient du bonheur. Je les libèrerais. J'irais voir les Alphas et leur dirais de me rejeter, ou me donner à Siebold, parce que je ne serais jamais assez bonne pour être la compagne d'un Berserker.

Fergus me trouva devant les rondins calcinés, étreignant une peau de loup sur ma poitrine. Il avait des cernes sombres sous ses yeux et paraissait aussi mal que je me sentais.

Je voulus me lever, aller vers lui, mais ne serais pas capable de supporter son rejet. À la place, je demandai.

— Où est Wulfgar ?

— Je suis venu demander la même chose. Je ne peux pas le joindre.

Ma tête palpita comme si quelqu'un l'avait frappé. Ma main alla à ma tempe et Fergus refléta mon geste. La douleur s'intensifia et je laissai sortir un cri, grimaçant.

— Quelque chose ne va pas. Nous devons aller voir les Alphas.

— Non, nous ne pouvons pas. Siebold nous attend là. Il te défiera pour m'avoir.

— Nous n'avons pas le choix. Si Wulfgar et moi sommes séparés, je serai bientôt affaibli.

— Viens, Muriel, commanda-t-il en tendant sa main, pas de quartier dans sa voix.

Tu m'obéiras.

Avec une prière à la déesse, je suivis. La minute où nos mains se touchèrent, un peu de la douleur dans ma poitrine s'atténua. Bien qu'il ne parlât pas, ses doigts enroulés autour des miens, les réchauffant, et je sus qu'il ressentait la même chose. Nous marchâmes en silence de retour vers la montagne où la meute avait sa maison.

* * *

LE PLUS HAUT NOUS MONTIONS, le plus de Berserkers nous vîmes. La plupart étaient sous forme de loup, nous suivant lentement sous la couverture de la forêt. Finalement, nous passâmes à travers la ligne des arbres et vînmes dans la clairière devant une grande grotte. Samuel, l'Alpha de la Meute Highland était assis dans un siège sculpté dans un rocher, surplombant un éminent feu de camp. Davantage de loups se prélassaient là, à l'abri de géantes pierres, envahissant l'espace vide sauvage.

Deux gardes se levèrent alors que nous approchions et je baissai ma tête face à leur chaud regard doré alors que Fergus me guidait entre eux.

— Voici les amoureux, déclara Siebold en se levant de sa place autour du feu.

Samuel se leva également de son trône.

— Fergus, quelle est la signification de cela ? Lâche Muriel.

— Muriel, viens à moi, ordonna Daegan, mais je l'ignorai et me rapprochai de Fergus.

— Voyez-vous cette infidélité ? s'exclama Siebold. Je disais la vérité. Où est Wulfgar ? Elle a été donnée au vainqueur des Jeux. Pourquoi vient-elle avec Fergus ?

— Wulfgar et moi partageons un lien, résonna la voix de Fergus dans la clairière.

Je pressai plus fort sa main.

Un murmure courut dans la meute, de son trône tel un perchoir, Samuel se pencha en avant.

— Un lien fraternel ? Comment c'est possible ?

— Comme vous le savez, je suis devenu un Berserker quand Wulfgar m'a secouru. Depuis lors, le lien s'est formé alors que nous nous sauvions mutuellement la vie.

— Si c'est vrai, alors vous avez caché ce secret à la meute un long moment, se moqua Siebold. Nous devons appeler Wulfgar ici pour le confirmer. Si tu es lié à lui, alors appelle-le et il viendra.

— Wulfgar a été attaqué. Blessé. Nous sommes venus pour obtenir de l'aide pour lui.

— Mensonges. Si Wulfgar est blessé, c'est parce que le prix et toi avez comploté pour le tuer.

— Donc c'est ton jeu, s'exclama Fergus en croisant avec audace le regard de Siebold. Si tu souhaites me combattre pour Muriel, défie-moi simplement Siebold, et je te vaincrai. Tu as besoin de te faufiler comme un lapin, trouver des moyens pour que les Alphas nous forcent à faire un combat.

Siebold balança en l'air sa hache et commença à avancer, uniquement arrêté par la main de Daegan sur sa poitrine.

— Attends, ordonna Samuel. Il n'y aura pas de combat pour la domination jusqu'à ce que je sois satisfait. Fergus, y a-t-il des preuves de ce lien fraternel ?

— C'est vrai, lâchai-je. Je peux me porter garante pour leur lien. Ils partagent tout, m'incluant.

— Un Berserker ne partagerait pas sa femme avec un autre, pas à moins qu'il ait un lien de frères, confirma Daegan.

— Elle ment pour lui, grogna Siebold. Elle devrait être punie. Les partenaires doivent être fidèles les uns les autres pour garder l'ordre dans la meute. Alpha, elle doit être fouettée.

— Silence, tonna Samuel. Fergus, appela Wulfgar par ton

lien. S'il vient, nous saurons que tu dis la vérité. Sinon, Muriel sera punie et ta vie pourra être perdue.

Tous les loups se rangèrent, à part les deux gardes dans notre dos. La clairière se tut jusqu'à ce que le vent gémissant au-delà des pierres ne soit l'unique son.

De la sueur perla sur le front de Fergus.

— Alpha, j'ai appelé Wulfgar. Comme je l'ai dit, quelque chose ne va pas. Il est inconscient et peut être blessé.

— Je l'ai joint également, annonça Samuel. S'il est blessé, il peut appeler le pouvoir des liens de la meute pour guérir plus vite.

— Alpha, s'il a été piégé, sa bête a peut-être perdu le contrôle, déclara Fergus. Je vous dis ça pour que sa perte de contrôle n'infecte pas la meute.

— Si tu es accouplé à Muriel, pourquoi sa bête n'est-elle pas sous contrôle ?

Fixant le sol, je mordis ma lèvre jusqu'à goûter du sang.

— Nous n'avons pas encore formé le lien d'accouplement avec elle, répondit Fergus.

— Siebold a le droit de te défier pour elle. Même si Wulfgar a gagné sa main, toi non. Mais le fait que vous n'ayez pas formé un lien est troublant.

— C'est ma faute, chuchotai-je, presque trop bas pour être entendu, mais dans la tranquillité de la clairière, tous les loups dressèrent l'oreille. Je n'ai pas les pouvoirs qu'ont mes sœurs. Je suis incapable de me lier.

— Muriel, murmura Fergus.

— Mais je les aime, déclarai-je tirant sur sa main, lui faisant face et élevant ma voix plus haut. Je les choisis.

Je lui touchai le visage, traçant les taches de rousseur sur sa joue, la barbe de trois jours rendant sa mâchoire rugueuse. Des larmes suivirent la trace de mes joues.

— Je suis désolée.

— Tout va bien, fille, me rassura-t-il en m'attirant dans ses bras, où je sanglotai.

— Combien de temps permettrez-vous que cette infidélité existe ?

— Tais-toi, commanda Daegan, alors même que Samuel donnait l'ordre.

— Séparez-les. Sa détresse affecte la meute. Ils veulent entrer en guerre pour toi, Muriel, et ils ne savent pas qui combattre.

Il n'eut aucune censure dans son ton, mais mon ventre se tordit malgré tout.

Des mains fermes agrippèrent mes bras, me retirant de Fergus.

— Non, essayai-je de lutter contre les gardes, mais ils étaient trop forts.

— Ne la touchez pas, s'anima Fergus, claquant un coude en arrière dans le visage d'un guerrier.

Davantage de Berserkers se précipitèrent pour le maîtriser, et je criai alors que Fergus disparaissait sous un enchevêtrement de corps.

— Stop ! résonna la voix de Samuel. Cessez de combattre ou je ne pourrai pas vous protéger.

— Assez, rugit une voix familière.

Wulfgar boitilla dans la clairière.

Je piétinai le pied d'un garde surpris et me libérai pour courir vers lui.

Le géant guerrier était couvert de poussière et de sang. Un œil était gonflé et toute sa tête paraissait contusionnée. Son bras droit pendait de biais, mais il tendit l'autre et me rapprocha de son flanc. Je m'agrippai à son justaucorps déchiré alors que les Alphas le questionnaient.

— Wulfgar ? Que t'est-il arrivé ?

— Une embuscade. Des loups m'ont attaqué et m'ont jeté

dans une carrière alors que j'étais sur le chemin du retour pour retrouver mon frère et ma conjointe.

Il toucha sa tête avec une grimace.

— Je me suis réveillé et suis arrivé à mi-chemin de la montagne avant que le tintement dans ma tête ne s'arrête assez longtemps pour que j'entende les liens de la meute.

Il fronça les sourcils en faisant courir une main dans mon dos.

— Quels loups ont touché ma conjointe ?

Quand il leva sa tête pour jeter un coup d'œil à la meute, quelques guerriers traînèrent du pied vers l'arrière.

— Qui t'a attaqué ? demanda Daegan.

Il se tenait entre Siebold et Fergus. Ce dernier avait deux loups qui lui tenaient ses bras et un troisième avec une lame sur son cou.

— Je n'ai pas vu. Ils ont d'abord couvert ma tête avec un sac. Sans aucun doute quelqu'un qui veut prendre, à mon frère d'armes et moi, ma compagne.

Il fit un hochement de tête sombre à Fergus et un soupir sembla traverser la meute.

— Relâchez-le, ordonna Samuel aux loups retenant Fergus.

Wulfgar me retourna pour lui faire face.

— Petite, pourquoi pleures-tu ?

— Je ne suis pas digne d'être votre compagne. Pardonnez-moi.

— Il n'y a rien à pardonner, soupira-t-il.

Avec un craquement d'un os fraîchement grandi, il arrangea son bras précédemment blessé autour de mes épaules. Déjà, son œil semblait aller mieux.

— Cela ne règle pas mon défi, Alphas, hurla Siebold. Je demande une nouvelle compétition. Wulfgar a gagné Muriel, mais pas Fergus. L'avorton doit prouver sa force afin de la revendiquer.

— Viens me combattre alors, déclara Fergus en lançant ses mains par défi, mais Samuel grogna pour avoir le silence.

— La paix. Wulfgar, acceptes-tu Muriel comme ta compagne désignée ?

— Oui, gronda Wulfgar.

— Wulfgar, dis-je en l'empoignant. Tu ne devrais pas me garder. Tu peux prendre ma sœur ou une autre qui peut se lier...

— Chut, petite. Il n'y a jamais eu la question que je doive te garder, me rassura-t-il en prenant mon menton. Je combattrais aux Jeux toute la journée, dormirais et me lèverais pour le faire à nouveau, seulement pour passer les nuits avec toi.

Je reposai ma tête contre lui.

— Muriel est mienne de droit, annonça-t-il en gardant sa main sur mes cheveux. Fergus et moi partageons un lien fraternel, et nous la revendiquons tous les deux.

— Je me battrai pour défendre mon droit de l'avoir, ajouta Fergus.

— Wulfgar, non, tu dois arrêter ça... suppliai-je en me raidissant.

— Chut, Muriel. Fais confiance à tes compagnons.

Siebold marcha d'un pas raide autour du feu de camp, balançant sa hache.

— Es-tu sûr, avorton ? Je suis l'un des plus grands guerriers de la meute et tu es le dernier.

— Je suis sûr, confirma Fergus avant de cracher sur le sol. Tu n'as jamais été le meilleur, Siebold. Tu penses seulement l'être.

— Fergus, tu as défié Siebold pour la domination, dit Samuel. Le combat aura lieu demain devant la meute entière. Si tu gagnes, ta récompense est Muriel.

— Et s'il perd ? demandai-je à Wulfgar en un chuchotement horrifié. Irai-je à Siebold ?

— Jamais. Je te garderai.

— Qu'arrivera-t-il à Fergus ?

Siebold marchait toujours d'un pas raide autour du feu, lançant des railleries au roux silencieux.

— Siebold ne montrera pas de pitié comme je lui en ai montré. Fergus ne peut pas perdre.

ous arrivâmes de retour à la cabane à la tombée de la nuit. Wulfgar me portait, bien que je protestasse quand il m'avait balancée dans ses bras.

— Tu es blessé.

— Je ne suis pas si faible que je ne peux pas te porter. Cela fait du bien à la meute de voir que je suis capable de prendre soin de ma compagne, m'informa-t-il, mais aussitôt qu'il me mit sur mes pieds après avoir passé la porte, je courus pour prendre mes herbes et mes bandages.

— Combien t'ont attaqué ? demanda Fergus d'un ton sombre.

— Six, lâcha Wulfgar en ravalant un souffle alors que je retirais une griffe cassée de son dos. Tous de notre meute.

— Les lâches ne pourraient pas te défier pour la domination, alors ils t'ont sauté dessus, seuls.

— C'est de la folie, m'étonnai-je en tamponnant la blessure, mais elle se fermait déjà. Les Jeux étaient supposés arrêter les affrontements.

— Nous n'arrêterons jamais de combattre pour toi,

Muriel, déclara Fergus en s'asseyant dans la chaise en équilibre sur ses deux pieds arrière, ses bras croisés devant lui.

— Vous ne devriez pas, déglutis-je fortement. Je pourrais aller voir Siebold et lui dire...

Mes deux guerriers furent sur leurs pieds, grognant.

Je reculai, tordant mes mains.

— S'il vous plait, je veux aider. Je ferais n'importe quoi pour sauver ta vie, mon amour, implorai-je Fergus, dont le visage était de pierre.

— Même te donner à un guerrier qui te sera cruel ? Qui se maltraitera ?

— Réponds-lui, Muriel, dit Wulfgar.

— Il te tuera, suppliai-je Fergus.

— Et donc tu accepteras d'être sa compagne ? Ne penses-tu pas qu'il devrait nous tuer dans tous les cas, avant que nous l'autorisions à te prendre ?

— S'il te plait, conjurai-je.

— Assez, articula Wulfgar. Assez de ces querelles entre nous.

Je ravalai mon angoisse. Nous avions seulement une nuit pour être ensemble.

— Nous devons travailler notre lien d'accouplement, continua Wulfgar.

— Il y a la question de sa punition, déclara Fergus.

Je pouvais dire par son air qu'il ne m'avait pas pardonné de douter de sa capacité à combattre.

Wulfgar souleva mes cheveux de mes épaules et pressa ses lèvres sur mon cou. Il enveloppa ses bras autour de moi et je ressentis que ses caresses étaient la seule chose qui me retenait.

— Je suis désolée, assurai-je d'un chuchotement mouillé. S'il vous plait, fouettez-moi. Je le mérite.

— Oui, nous te punirons, mais pas de la façon à laquelle tu penses. Pas de flagellation, pas de punition devant la meute. C'est entre nous et tu te souviendras de cette nuit, et à qui tu appartiens pour toujours. Maintenant, Muriel, plus de larme.

Wulfgar essuya mon visage avec les bandages que j'aurais utilisés pour panser ses blessures.

— J'ai besoin de ça pour toi, dis-je en enlevant le tissu de ses mains.

Il me libéra et me montra son corps taché de sang. Sa peau était intacte.

— Elles sont déjà guéries. Ma magie est puissante. Nous sommes plus forts que tu ne le crois. Et il y a un lien entre nous. Tu dois lui faire confiance, Muriel. Crois en tes compagnons, mais, plus que tout, crois-en toi-même. Peux-tu faire ça ?

— Je peux essayer.

— Bonne fille, dit-il et je fondis un peu.

Il me serra plus près dans ses bras et embrassa mon front. Fergus se tenait toujours en nous tournant le dos, de la frustration dans la position de ses épaules.

— Fergus, appela Wulfgar. Elle a besoin de savoir que tu lui pardonnes.

— Viens ici, fille, commanda le guerrier roux d'un soupir en se tournant.

Une fois que je fus à portée de bras, il m'attira entre ses jambes.

— Je sais que tu m'aimes. Je sais que tu voudrais me voir en sécurité, mais je suis d'abord un guerrier. La même confiance que tu nous as demandé de donner, tu dois nous la donner.

— Je sais. J'accepterai n'importe quelle punition que vous choisissez de me donner.

Il me fit un gros câlin, puis me repoussa pour enlever mes larmes avec son pouce.

— Plus de pleurs, petite.

— Déshabille-la, ordonna Wulfgar. Nous devons la préparer.

— Muriel, ce soir testera ton lien avec nous.

— Mais... nous ne partageons aucun lien.

— Nous partageons un lien d'amour. Tu le sentiras.

Fergus enleva mes habits et je me penchai dans ses bras, reconnaissante de son toucher.

— Tu es magnifique, déclara-t-il en caressant mon ventre.

— Presque prête ? demanda Wulfgar.

— Pas tout à fait, rectifia Fergus avec un sourire espiègle et il inclina sa tête sur mes seins. Muriel, garde tes mains où elles sont ou je les attacherai.

Il aspira mes tétons jusqu'à ce qu'ils soient pointus et gonflés, se braquant aussi haut qu'ils iraient. Je serrai mes mains derrière mon dos pour m'empêcher d'agripper ses épaules et il hocha la tête quand il eut fini.

— Très bien. Qu'importe ce qu'il se passe ce soir, nous avons besoin que tu nous fasses confiance et que tu obéisses.

— Je le ferai, promis-je.

La porte craqua en s'ouvrant et je saisis le bras de Fergus, mais à la place de Siebold et son gang, une femme blonde entra. La sorcière Yseult.

— Qu'est-ce ? laissai-je échapper avant de pouvoir me stopper.

Fergus déplaça mon emprise dans sa main et la pressa.

— Nous lui avons demandé de venir. Va dans le lit et allonge-toi, ma douce. C'est ta punition et ton test.

Le cœur martelant, j'obéis.

Wulfgar me fit m'allonger sur mon dos avec mes jambes pliées et le cul proche du bord du lit.

Yseult et Fergus murmurèrent à voix basse tous les deux.

— Penses-tu que c'est possible ? demanda Fergus alors qu'ils m'approchaient.

— Laissez-moi la voir, répliqua la sorcière.

— Écarte plus tes jambes, me commanda Wulfgar.

Avec un gémissement inaudible, j'obéis, plantant mes pieds sur le lit à plus d'une largeur d'épaule l'un de l'autre.

— Bonne fille.

Ils fixèrent directement ma chatte, glissante et préparée par la bouche de Fergus sur mes seins.

— Ne la touche pas, dit Wulfgar. C'est seulement pour ses compagnons.

— Très bien, murmura la sorcière. Je pense que nous pouvons les placer ici, ici et là, indiqua-t-elle en pointant du doigt mes deux mamelons et entre mes jambes.

— Prépare-la, alors, acquiesça Wulfgar.

— Que se passe-t-il, Fergus ? chuchotai-je alors que les deux autres reculaient.

— Es-tu courageuse, Muriel ?

— Quoi ?

— Wulfgar dit que tu ne crois pas être brave.

— Je... Je...

— Quand je t'ai vu en premier dans la cage, qu'as-tu fait ?

— Je ne m'en souviens pas.

— Tu m'as parlé et j'ai demandé si tu avais peur.

— J'étais effrayée.

— Oui, mais tu n'as pas agi comme tel. Tu as parlé avec moi et quand les autres loups pouvaient me pourchasser, tu les as distraits. Tu m'as sauvé, et ta sœur.

Je ne dis rien.

— Tu as toujours été courageuse, petite, chantonna-t-il, caressant mes cheveux en arrière pour les enlever de mon visage. Il est temps que tu le réalises.

— Je veux être votre compagne, déclarai-je en lui prenant sa main.

— Tu l'es. Rien ne changera jamais ça. Même si tu ne te lies pas avec nous, nous ne te laisserons jamais partir.

— Nous y sommes, indiqua Yseult en retournant au bord du lit, louchant sur moi. Nous sommes prêts.

Je déplaçai nerveusement mes pieds, mais Fergus et Wulfgar s'assirent de chaque côté de moi. Wulfgar soutint une mince barre de métal.

— C'est une aiguille que nous avons nettoyée. Je vais percer tes tétons avec, afin que tu portes une bague.

— Cela nous satisfera que tu le fasses, Muriel, m'informa Fergus en se penchant sur moi. Tu peux dire non, si tu le souhaites vraiment. Mais nous le voulons. Le feras-tu pour nous ?

Je ne faisais pas confiance à ma voix alors j'acquiesçai.

— Essuie la zone avec le tissu trempé dans l'eau-de-vie, ordonna Yseult. Cela lavera la zone.

Wulfgar nettoya gentiment ma peau tandis que je tremblais et que mon téton s'élevait un peu plus.

— Cela serait mieux de l'attacher, afin qu'elle ne sursaute pas et ne se blesse, ajouta la sorcière.

— Je vais la tenir, annonça Fergus en prenant mes poignées et les tenant pour que mes bras soient étirés au-dessus de ma tête.

— Ça va te pincer, mais ne fera pas mal longtemps, me rassura Wulfgar.

— Je vais te distraire, proposa Fergus en se penchant et pressant ses lèvres sur les miennes.

Cela nécessita quelques léchouilles avant que je n'ouvre ma bouche à sa langue astucieuse. Il taquina la mienne un moment avant de se retirer.

— Tu es prête ?

— Oui, soufflai-je.

— Ça, c'est ma fille courageuse, murmura Wulfgar.

Ses doigts épais furent si agiles quand il plaça l'aiguille contre ma chair rose.

— Embrasse-moi, Muriel, ordonna Fergus et couvrit mon visage du sien.

Quand l'aiguille me perça, la piqûre alla directement à ma chatte et je gémis dans la bouche de Fergus. Quand le baiser se termina, j'haletai.

— Elle aime la douleur, remarqua Yseult. Et être maîtrisée.

— Parfait pour nous, dévoila Fergus et je me prélassai dans la chaleur de sa voix et de son regard.

— Maintenant l'autre, dit Wulfgar et Yseult tendit une autre aiguille à Fergus.

Wulfgar s'accroupit à côté.

— Regarde-moi, Muriel.

Fergus avait retiré ses mains, mais je gardai mes bras au-dessus de ma tête.

— Les anneaux que nous plaçons sur tes mamelons te rappelleront que tu es notre femme, notre compagne. Certains jours, tu seras nue, excepté eux, et nous enfilerons une chaîne entre eux. Sais-tu ce que représentent les alliances ?

— Non.

Fergus grossit mon mamelon entre deux de ses doigts avant de l'essuyer avec un tissu, mais je ne détournai pas les yeux du regard intense de Wulfgar. Les lèvres du géant guerrier étaient si douces et pleines, et ses yeux gentils sous ses lourds sourcils. L'avais-je déjà trouvé autrement que magnifique ?

— Nous, Muriel. Tu portes une bague pour Fergus et une pour moi. Mais, tu en porteras aussi une pour toi. Sais-tu où ?

— Non.

— Ici.

Il prit ma chatte dégoulinant dans ses paumes et je fis un

mouvement brusque une fois, et de nouveau quand Fergus perça mon autre téton. Cette fois, la douleur se dispersa.

Wulfgar caressa mes lèvres inférieures pendant un instant avant de frotter le point sensible entre elles. Soupirant, je posai ma tête en arrière sur le lit et fermai les yeux pour me concentrer sur la sensation. Wulfgar me taquina proche de l'orgasme et retira sa main.

— Regarde, Muriel.

Fergus avait enfilé de petits anneaux dorés dans mes mamelons. Ils étincelèrent à la lueur du feu. Mes tétons palpitaient encore, mais pas de douleur.

— Nous mettrons une chaîne entre eux et te guiderons avec, dit Fergus en se penchant plus près, son visage rougi et ses yeux fixés sur mes seins ornés.

— Souhaitez-vous que je place le prochain piercing ? demanda Yseult.

— Non. Je le ferai, déclara Wulfgar.

— Laisse-moi, contra Fergus.

— C'est un piercing délicat, prévint la sorcière. Facile de commettre une erreur et la chair est très tendre.

— Je peux le faire, dit Fergus en s'agenouillant entre mes jambes. Muriel me fait confiance, n'est-ce pas ?

— Oui, affirmai-je avec une voix qui trembla un peu.

— Donne-moi une aiguille propre, demanda Fergus, ma… quand il l'eut, il la mise contre son propre téton. Pour t… Muriel, ajouta-t-il en me faisant un clin d'œil et en … perçant. C'est rien. Juste un petit pincement.

— Vous devriez l'attacher, conseilla Yseult.

— Non, désapprouva Wulfgar en enlevant son haut … de revenir sur le lit. Je la tiendrai.

Il s'assit derrière sur le lit et me rassembla sur ses g… Alors que je me posai contre son corps ferme, mon c… toujours que le bord du lit. Enveloppant un bras … autour de moi, il posa mes jambes sur ses genoux. A…

jambes si écartées, ma chatte était exposée au regard de tous. Fergus et la sorcière se penchèrent près, étudiant mon centre.

— Là, pointa du doigt Yseult. L'aiguille devrait aller là. Vois-tu ? Tu dois faire attention de ne pas heurter le bourgeon surélevé qui est la source de la plupart de son plaisir.

— C'est vraiment petit, commenta Fergus en fronçant les sourcils.

— Les petites choses sont souvent puissantes et importantes, répondit-elle.

— Mmm, fit Wulfgar, ses lèvres venant à mon oreille. Comme Muriel.

Je tournai ma tête, me pressant contre lui.

— Es-tu nerveuse ?

— Un peu, admis-je.

Sa grande main vint prendre mes seins dans leurs paumes. Son pouce plana sur mon nouveau piercing, mais ne le taquina pas.

— Tellement courageuse et forte.

Je me déplaçai avec gêne au compliment et son bras se serra autour de ma taille.

— Donne-moi ta peur. Laisse-nous te protéger.

— C'est parti, prépare-toi, Muriel, annonça Fergus en s'agenouillant sur le sol pour que sa tête soit au niveau de ma chatte.

Avec un sourire suffisant, il embrassa l'intérieur de ma cuisse, sa barbe chatouillant ma peau sensible.

— Pas de ça maintenant. Nous avons besoin que tu sois immobile.

— C'est pas juste, m'exclamai-je en me tortillant alors que sa bouche jetait lentement un œil vers mon centre trempé.

Wulfgar gloussa et me sécurisa avec ses deux bras, pendant que Fergus saisissait mes genoux.

— Chut. C'est ta punition, me rappela Wulfgar.

— Ton petit bourgeon du plaisir a besoin de se battre pour moi. J'y veillerai, mais d'abord j'ai besoin de nettoyer un peu ton miel.

Commençant en bas de ma fente en pleurs, il traîna sa langue vers le haut, prenant soin d'explorer chaque crevasse. Quand il atteint le sommet, j'haletai et enfonçai mes talons dans le lit.

— Tu seras tranquille, ordonna Wulfgar. Ou nous t'attacherons. Mais d'abord, nous te fouetterons.

Mon corps pulsa, atteignant le plaisir, mais je me forçai à me détendre et accepter les bons soins de Fergus. Il continua à laper ma chatte, chaque léchouille interminable et lente et atroce.

— C'est ça. Ne résiste pas.

— Presque prête, prévint Fergus dont le visage entier était humide.

Il se pencha à nouveau pour faire tournoyer sa langue autour du paquet le plus sensible de nerfs.

— Que fais-tu ? demandai-je alors que ma tête se prélassait sur la poitrine de Wulfgar, mais le reste de mon corps ne bougeait pas.

— Il va placer le piercing près de ton bourgeon du plaisir.

— Oh, mon Dieu...

— Un anneau marquera ton bourgeon le plus sensible et se frottera contre toute la journée. Cela te rendra folle, mais tu ne le toucheras pas. Seuls nous serons autorisés à jouer avec, cependant tu peux nous supplier de ne pas le faire. Nous te voulons désespérée et en manque pour nous.

Fergus mit sa bouche entière sur ma chatte et étendit ensemble ses lèvres. Pendant un instant, il aspira sur le point exact qu'il percerait. Au moment où je jouirais, il retira sa tête et se leva pour se préparer.

— S'il vous plait, m'exclamai-je, mon corps tambourinant de désir. Pourquoi faites-vous ça ?

— Cela plaît à la bête de te soumettre, précisa Wulfgar en me réinstallant sur ses genoux. Cela te satisfait aussi. C'est dans ta nature. D'après ce que dit la sorcière.

J'avais oublié la sorcière. Yseult se tenait à la table, un petit sourire sur ses lèvres.

— La magie nécessite toujours un sacrifice, Muriel, dit-elle.

— Quel sacrifice ? demandai-je alors que Fergus se tenait et venait vers moi avec l'aiguille.

— Toi. Ta magie nécessite ta soumission et ta douleur. N'ai-je pas mentionné ça pendant notre conversation ? questionna Yseult qui semblait s'ennuyer, mais ses yeux étaient fixés sur ce que faisait Fergus entre mes jambes.

Le guerrier roux s'était à nouveau agenouillé. Je tressaillis alors que le tissu frais atteignait ma chair.

— Une fois que la zone est propre, tu dois soulever la chair de l'endroit où tu perceras, l'instruit Yseult en s'approchant.

La langue de Fergus dépassa un peu alors qu'il donnait un petit coup à mes plis. La sorcière et lui s'agitèrent jusqu'à ce que je pense pouvoir devenir folle.

À la place, je fermai les yeux, pris une profonde inspiration et me laissai flotter. Je n'étais rien de plus qu'un vaisseau, obéissante et prête à être utilisée par mes maîtres.

— Là.

L'aiguille poussa à travers, mais au lieu d'une piqûre, la chaleur se déversa en moi.

— Maintenant l'anneau, murmura Fergus et ce fut fini.

Il se leva, un large sourire sur son visage.

— Bien joué, Muriel, félicita Wulfgar alors que ses doigts caressaient mon genou. Tu t'es bien comportée.

— Puis-je voir ? demanda la sorcière et bougea seulement après que les guerriers lui eurent donné l'autorisation.

Elle se pencha assez près pour que je sente une bouffée d'air chaud en bas.

— Intéressant, murmura-t-elle.

— Qu'est-ce qu'il y a ?

— Habituellement, les piercings mettent du temps à guérir. Mais, regardez, la chair n'est plus rouge ou gonflée.

— Y a-t-il de la douleur, Muriel ? s'enquît Wulfgar en m'aidant à m'asseoir, où je regardai entre mes jambes.

— Non.

Le désir pulsa en moi. Chancelant au bord de l'orgasme, je pris soin de ne pas toucher ma peau, seulement le métal.

— Cela ne fait pas mal.

— Elle est liée à nous, se réjouit Fergus en prenant une poignée de mes cheveux et en tirant légèrement. Elle a guéri vite. Ça marche.

— Tu as notre gratitude, sorcière, déclara Wulfgar. Tu peux nous laisser, à présent, mais nous n'oublierons pas ce service.

Je m'assis explorant les piercings sur mes mamelons. Le désir battit en moi, tellement fort que mes mains tremblèrent.

Fergus vint pour les étudier avec moi.

— Le côté drôle de ces piercings est qu'ils marquent les endroits exacts où un homme devrait te toucher.

— Est-ce qu'un étranger me touchera ? plaisantai-je à moitié.

Mes compagnons connaissaient assez bien mon corps.

— Vilaine Muriel, dit Wulfgar. Si un homme te touchait, nous lui arracherions sa main. Tes conjoints sont contents de voir que tu portes cette chaîne pour nous.

— À moins que nous voulions te partager avec la meute, chuchota Fergus, une lueur malicieuse dans ses yeux. Te conduire nue devant eux, te fouetter jusqu'à ce que tu cries pour avoir nos bites. Te bander les yeux et te faire deviner qui t'a rempli. Wulfgar et moi... ou un autre.

— Il rigole, grogna Wulfgar, alors que le son effrayant résonnait en moi et mon corps se serra d'une délicieuse vibration. Nous ne te partagerons pas. Jamais.

Fergus déplaça mes mains pour prendre mes seins dans ses paumes. Je m'assis là telle une statue, m'offrant à ses caresses. La chaleur qui revendiqua mon corps au dernier piercing se développa en un brasier.

— Une autre chose, dit Fergus.

Avec des doigts prudents, il enfila une petite chaîne à travers chaque anneau.

— Ceci représente le lien entre nous, m'expliqua-t-il en montrant la chaîne qui formait un triangle brillant entre ma chatte et mes seins. Tu nous appartiens et nous à toi. Nous sommes connectés, tous les trois.

Agrippant les liens en métal accrochés entre mes seins, il tira légèrement et me conduit en avant avec la nouvelle laisse. Je suivis avec empressement, de peur qu'il tire mes mamelons.

Wulfgar me fila, ses mains planant à côté de ma taille au cas où je tomberais.

Fergus tira la chaîne. De la chaleur se répandit dans mon corps, se déversant en moi à trois endroits cinglants.

Il relâcha sa prise, mais ma chatte pulsa. Du liquide jaillit de moi, trempant l'intérieur de mes cuisses.

— Assez, protesta Wulfgar quand je commençai à osciller. Relâche-la.

Fergus le fit. Incapable d'être debout plus longtemps, je sombrai à genoux. Mon corps entier était consumé par le feu, le désir brûlant en moi jusqu'à ce qu'il n'y ait plus rien d'autre. Je n'étais plus Muriel, mais un vaisseau vide prêt à être rempli de plaisir.

Ma tête se tendit pour lever les yeux vers mes compagnons.

— S'il vous plait.

— C'est ça. Supplie.

— J'ai besoin de vous en moi, implorai-je en léchant mes lèvres. Tous les deux. Ensemble.

Décortiquant son justaucorps et ses hauts-de-chausse en cuir, Fergus me présenta sa bite.

À cette vue, ma chatte se serra fort et je gémis.

— Tellement chaude pour nous, murmura Fergus.

— Que se passe-t-il ? haletai-je alors qu'il s'avançait, la bite s'agitant devant mes lèvres avides.

La chaleur m'engloutit, envoyant une nouvelle vague de liquide couler le long de mes jambes.

— Qu'est-ce qui m'arrive ?

Wulfgar enveloppa mes cheveux autour de sa main et conduisit ma tête en arrière un instant.

— La chaleur d'accouplement, petite. Elle t'a finalement revendiquée.

Il donna assez de mou à mes cheveux pour faire à nouveau face à la queue de Fergus, mais pas assez pour l'atteindre.

— S'il vous plait, soufflai-je. J'ai besoin de vous.

— Comme nous de toi.

Avec son poing dans mes cheveux, Wulfgar poussa ma tête en avant alors que Fergus attaquait avec ses hanches. Je n'eus besoin d'aucun encouragement.

La main de Fergus saisit la chaîne et tira d'un coup sec, gentiment. Je grognai et il recula d'un juron content.

— Assez. Je ne veux pas sa bouche.

— Viens, Muriel.

Des mains avides me soulevèrent et me transportèrent jusqu'au lit où Fergus s'assit en premier et me fit le chevaucher.

Je sombrai sur sa bite, sifflant de satisfaction.

— Et maintenant, la mienne, stipula Wulfgar en fixant une main sur la peau de mon cou, me baissant alors qu'il huilait mon cul. Les doigts épais m'étirèrent et puis sa queue sonda mon entrée.

Je commençai à trembler.

— Tu ne jouiras pas, prévint Wulfgar sévèrement.

Ma chatte convulsa autour de la verge de Fergus alors même qu'il donnait l'ordre.

— S'il vous plait... je ne peux pas attendre...

— Tu le feras ou tu ne jouiras pas de nouveau pour une semaine. Nous te garderons dans une cage dans le coin et te nourrirons depuis un bol à quatre pattes.

— Notre petit animal, sourit Fergus. Elle porte déjà une laisse.

Il prit la chaîne entre mes seins et l'installa entre ses dents.

— Elle devient humide en nous entendant en parler.

Les poils rugueux sur sa poitrine éraflèrent ma peau douce.

La bite de Wulfgar glissa dans mon cul. J'étais remplie, tellement pleine et serrée. Mes hommes pouvaient me prendre un millier de fois et je n'y serais jamais habituée.

Wulfgar claqua ses hanches, me heurtant plus loin sur la longue tige de Fergus.

— Oh non, m'exclamai-je.

— S'opposant déjà à nous ? demanda Fergus en levant brusquement son menton, tirant la chaîne.

Je jurai.

— Vilaine.

— Baisez-moi, ordonnai-je, faisant de mon mieux pour balancer mes hanches entre eux, tout en gardant immobile le haut de mon corps pour que la chaîne ne tire pas trop mes tétons.

— Non, grogna Wulfgar alors que sa main pressait l'arrière de ma nuque jusqu'à ce que mon corps devienne fluide d'abandon. Tu ne nous dis pas quoi faire.

Un gémissement m'échappa, un bruit animalier. Les yeux de Fergus s'éclairèrent alors que sa bête grognait gravement en réponse.

Ils commencèrent à bouger, Fergus poussant vers le haut du dessous pendant que Wulfgar me martelait de l'arrière.

Pilonnée entre eux, je devins molle et m'abandonnai. La satisfaction se déversa en moi.

Des dents éraflèrent la peau vulnérable à la base de mon cou. Fergus se cabra et mordit mon épaule alors même que les canines de Wulfgar perçaient l'autre.

Je hurlai, me tortillant de douleur alors que l'extase me fouettait comme la foudre, de la chaleur blanche et aveuglante. Mon corps pulsa autour des bites de mes hommes. Fergus et Wulfgar grognèrent tous les deux. Immédiatement, leurs orgasmes les frappèrent et je fus prise à nouveau dans le maelström, courbée entre eux comme un roseau dans la tempête. Des jurons et des souffles chauds parvinrent à mes oreilles, mais leurs mains étaient tendres sur ma peau fragile.

— Muriel, répétèrent-ils en disant mon nom comme une colombe accueille l'aube, avec espoir et émerveillement.

Je sortis mon dernier orgasme en sanglot alors qu'ils me tenaient et me pressaient près, leurs bites enracinées profondément en moi comme s'ils souhaitaient vivre là pour l'éternité.

— Je n'ai jamais su que ce serait comme ça, haleta Fergus.

— Le plaisir comme ça n'a pas été, et ce sera nulle part d'autres que dans les bras de Muriel. C'est le paradis au-delà de l'imagination.

Au ton émerveillé et touché de Wulfgar, je tournai ma tête et l'embrassai.

Quand je me retirai, il enleva de l'humidité de ma joue

avec son pouce. Des larmes s'échappaient encore de mes yeux.

— Je vous sens, déclarai-je en touchant mon cœur, où le plaisir fredonnait encore en moi. Est-ce le lien ?

— Ça l'est, affirma Wulfgar en posant sa main sur la mienne. Il attendait. Tout ce dont il avait besoin c'était l'abandon.

Je touchai mes épaules là où les blessures avaient guéri en une paire propre de marques rouges.

— La meute verra ça et saura que je suis vôtre. Forceront-ils quand même Fergus à se battre ?

— Tu ne t'inquièteras pas de telles choses, me rassura-t-il en saisissant mon autre main. Laisse tes compagnons s'occuper de toi.

— Tu es nôtre. Lien ou pas, nous ne te laisserons jamais partir.

* * *

UN POIDS quitta mon flanc et je me réveillai. Wulfgar s'était levé et commençait à quitter le lit.

Je roulai et pris son bras.

— Ne t'en va pas, marmonnai-je alors qu'à côté de moi, Fergus ronflait.

Wulfgar se pencha plus près pour chuchoter.

— Je ne le fais pas, petite, chuchota Wulfgar en se penchant plus près. Je ne vais que voir le feu.

Après avoir renforcé le braisier, il revint et s'installa à côté de moi.

En sécurité entre mes deux compagnons, je me fondis dans le sommeil.

* * *

Des voix résonnèrent dans ma tête avant que j'ouvre les yeux. Fergus était assis à côté de moi, affûtant une lame. Wulfgar buvait dans une corne près du feu. Aucun des deux ne parlait, pourtant j'entendais leurs voix dans ma tête.

— *Surveille son bras gauche,* sermonna Wulfgar. *Il préfère son droit, mais est connu pour feinter et distribuer de grands coups avec son bras le plus faible.*

— *Je suis plus préoccupé à propos de ses partisans. Ils ne me feront pas face un à un, les lâches.*

— *Renverse Siebold et ils s'éparpilleront comme des lapins,* rassura Wulfgar dont la voix semblait riche et satisfaite.

— Comment faites-vous ça ? demandai-je.

Ils me jetèrent un coup d'œil, étonnés comme s'ils n'avaient pas su que j'étais réveillée.

— Faire quoi, ma douce ?

— Parler sans bouger vos lèvres.

— Tu peux nous entendre ? demanda Fergus sous le choc.

Wulfgar vint à mes côtés et je m'assis entre eux.

— Oui. Je vous entends clairement. Enfin... m'arrêtai-je en fronçant les sourcils, me rappelant les voix résonnantes. Très légèrement, mais les mots sont là.

Je fronçai les sourcils. Les mots semblaient parfois n'être que des images, des impressions de sentiments. La joie pulsa en moi à présent, son origine étant les deux hommes assis à mes côtés.

— C'est ça, Muriel. C'est le lien.

Je clignai des yeux. Je les avais entendus depuis le tout début.

— Ah bon ? s'étonna Fergus en bondissant et je réalisai que j'avais dit mes pensées même dans leurs esprits.

— *Oui,* dis-je sur le lien entre nous.

— Qu'as-tu entendu, Muriel ?

— Vous avez dit que Siebold pouvait essayer de tester

notre lien. C'était l'une des premières nuits que nous étions ensemble.

Les guerriers échangèrent un regard.

— Tu nous as entendus tout ce temps, répéta Wulfgar en secouant la tête. Si nous avions su, nous aurions caché nos pensées plus attentivement.

— Nous ne voulions pas que tu t'inquiètes. Les Alphas nous ont conseillé de laisser le lien se former de lui-même.

— Le lien se forme naturellement, quand il y a de l'amour.

De l'amour, pas de la peur. La sorcière avait essayé de me le dire tout ce temps.

— C'est bon alors, lançai-je en me cabrant et précipitant mes bras autour de Fergus. Tu n'as pas à combattre Siebold.

— Ouais, fille, affirma-t-il en acceptant mon baiser. Je n'ai pas à le faire, mais je veux le faire.

— Quoi ? Fergus, tu ne peux pas...

— J'ai besoin de faire ça.

Il me mit de côté, alors que je m'accrochais à lui. Wulfgar me rassembla sur ses genoux.

— Laisse ton compagnon faire ce dont il a besoin, Muriel. Aie foi en lui. La croyance d'une femme peut faire des miracles à la puissance d'un homme.

— Je ne souhaite pas te voir tué.

— Je ne serai pas tué, me rassura-t-il en tapotant mon nez, jovial pour un homme sur le point de se battre. Crois-moi.

CHAPITRE 9

Je contins mon explosion jusqu'à ce que nous soyons à mi-chemin vers la montagne. Fergus ouvrait la marche et Wulfgar marchait derrière moi. Je portais une robe en soie, qui laissait mes bras nus et une couronne de fleurs blanches sur ma tête. Mes cheveux étaient détachés.

Mes pas ralentirent quand Wulfgar me prit autour des hanches.

— Est-ce que tes jambes sont fatiguées, Muriel ?

— Non, répondis-je, mais je ne pouvais pas les faire bouger.

Fergus me sourit en retour.

— Souhaites-tu que je te porte sur mon épaule ? Ça sera un bel aperçu, mais cela pourrait ébouriffer ta petite couronne.

Il épila une fleur de ma coiffure. Je le frappai sans enthousiasme.

— Qu'est-ce qui ne va pas, Muriel ?

— J'ai peur pour toi.

Wulfgar enveloppa ses bras autour de ma taille et me

souleva, me portant hors du sentier dans la forêt. Une fois là, il me déposa devant un rocher couvert de lichen.

— Place tes mains sur la pierre, Muriel.

— Qu'est-ce...

Il me fit basculer vers l'avant. Avant que je puisse protester, ma robe était relevée à ma taille et il avait frappé mon cul.

— Aie !

— Les mains, ordonna-t-il et quand j'obéis, il continua. Maintenant, penche-toi au niveau de la taille et écarte les jambes. Les pieds écarquillés. Plus large.

— Bonne fille, dit Fergus en s'approchant et tenant le plug en l'air pour mon cul. Nous nous demandions quand tu parlerais de peur. Si tu avais attendu plus longtemps, nous aurions dû mettre le plug à l'intérieur devant la meute entière. Ne t'inquiète pas, nous trouverons un moyen de distraire ton esprit troublé.

Je soupirai, mais le laissai tordre le plug dans mon derrière.

— Là.

Ils me laissèrent me relever et tirer ma robe vers le bas. Je pressai mes jambes ensemble. Mes jus commençaient déjà à couler.

— Dois-je porter le plug ?

— Oui, tu le dois.

— C'est bien pour toi de te rappeler de ton abandon à tes compagnons. Crois-moi, fille. Après le combat, je serai celui qui le retirera.

— Êtes-vous sûrs que je peux aller devant la meute comme ça ? questionnai-je en croisant les bras sur ma poitrine, à l'endroit où le métal de mes piercings apparaissait au travers du fin tissu de ma robe.

— T'es notre conjointe et tu es magnifique. Cela fait du

bien à la meute de le voir. En plus, nous sommes tes partenaires et aucune n'ose nous défier.

— Siebold a osé, grognai-je, mais je laissai Fergus tirer
mes mains.

— Après aujourd'hui, personne ne le fera.

— Pourtant ton odeur les rendra fous d'envie, indiqua
Wulfgar.

— Quoi ? m'exclamai-je alors que je n'avais même pas
pensé à mon odeur.

— Sois tranquille, me rassura Fergus. Il plaisante simplement. Piètrement.

Et le roux tira la langue au géant.

— Cache ça ou je vais te déchirer, menaça Wulfgar.

— Tu ne le feras pas. Elle manquerait trop à Muriel. Elle
l'a plutôt apprécié quelques fois la nuit dernière.

— Fergus ! m'exclamai-je.

— C'est vrai.

Alors que nous approchions, notre humeur grivoise
disparut.

La meute entière nous attendait au sommet de la montagne.

Un vent mystique soufflait au travers de la clairière,
soulevant mes cheveux de mes épaules. Toute la meute
pouvait voir les cicatrices de revendication sur mon cou.

Je m'efforçai de m'empêcher de me recroqueviller ou de
croiser les bras sur ma poitrine dénudée qui montrait mon
décolleté.

— *Laisse-nous* t'aider, dirent mes compagnons dans mon
esprit dans une étrange unisson, et tous les deux prirent une
de mes mains dans les leurs.

Nous marchâmes côte à côte jusqu'au centre du cercle.

Samuel attendait sur son trône et Daegan se tenait à côté.

Siebold attendait également avec un nœud de guerriers
dans son dos.

— Bienvenue, Muriel d'Alba, me dit-il.

— *Pourquoi me parle-t-il ?*

— *Il nous insulte en ne tenant pas compte de nous, tes compagnons.*

Levant mon menton, je regardai directement le tyran dans les yeux.

Les siens s'écarquillèrent.

— Tu oses me regarder ?

— Oui, répondis-je. J'ose. Tu pourrais me défier si tu veux. Voici mes champions.

Je fis un mouvement de tête vers les sombres guerriers de chaque côté de moi.

Les mains de mes compagnons se serrèrent sur les miennes, mais ils ne me punirent pas.

— L'un de tes champions est le plus petit et le plus faible de la meute.

Fergus m'attira pour lui faire face.

— Je suis petit, m'indiqua-t-il. Mais je suis rapide et j'ai ma présence d'esprit, et la force de mon frère d'armes. Ai-je ta faveur ?

— Oui.

Je me levai sur la pointe des pieds et touchai ses lèvres des miennes.

— Rappelle-toi. Ce soir, je suis celui qui retire le plug.

Je rougis. Il y avait de nombreuses paires d'yeux dans la clairière et tous avaient entendu la promesse de Fergus. Il aurait pu choisir de me parler sur le lien.

— Où est le plaisir là-dedans ? rigola-t-il en me tirant les cheveux et marcha à grands pas au milieu des loups.

— Je suis prêt, Alphas.

Siebold me fixait encore. Je l'ignorai à présent, immobile comme une statue même quand le vent frais remonta et me donna la chair de poule sur mes bras nus. Wulfgar enveloppa la grande cape de fourrure qu'il portait autour de mes épaules.

— Assez, grogna Wulfgar. Plus de regards à ma compagne.

— Je voulais juste lui demander comment elle s'en est tirée la nuit dernière, s'allongeant avec un meurtrier.

— Nous sommes tous des meurtriers, Siebold, indiqua Wulfgar dont le doigt caressa ma joue. Muriel m'a pardonné.

— Elle sait celui que tu es vraiment.

— Je le sais, mon amour, dis-je à Wulfgar, qui se pencha pour que nos fronts se touchent presque.

Bien que je chuchotasse les mots suivants, je sus que la meute entière nous entendit.

— Je suis liée à toi et je sais que tu ne me feras jamais de mal.

Je passai une main sur sa tête rasée de près et la posai à l'arrière de sa nuque.

— Siebold est jaloux, car aucune femme ne le choisirait comparé à toi.

Wulfgar me sourit et me fit un clin d'œil avant de lever sa tête.

— Entends-tu ça, Siebold ?

La brute blonde grogna.

— Sinon, je lui dirai à nouveau, déclarai-je en élevant la voix. Tu es un monstre, Siebold. Une bonne chose que tu n'as jamais eu une chance de gagner les Jeux. N'importe quelle femme se jetterait de la montagne avant de s'allonger avec toi.

— Tu paieras pour ça. Telle la pute qui le choisi par rapport à moi. Ce fut la dernière décision qu'elle n'ait jamais prise.

Une image se montra rapidement dans ma tête et je parlai avant de savoir que j'avais ouvert la bouche.

— Tu l'as tuée, Siebold. A cassé net son cou pendant que

Wulfgar dormait, paisiblement. Mais, tu ne connaitras jamais la paix. Ta bête ne dort jamais. Elle remue ta violence encore et encore. Tu vis et tu mourras sous sa rage.

Un murmure ondula autour de la meute.

— Volva, entendis-je chuchoter l'un des Berserkers.

— Qu'est-ce qu'une « *Volva* » ? demandai-je à mes hommes silencieusement.

— *Une sorcière, une prophétesse*, répondirent-ils.

Ma prophétie sembla d'autant plus énerver Siebold.

— Fais attention à tes arrières, Exécuteur, déclara-t-il en montrant Wulfgar du doigt.

— Il n'a pas à le faire. Je le fais pour lui, s'exprima Fergus.

Siebold se tourna pour répondre et son visage rencontra le poing de Fergus. La tête du tyran fit un mouvement brusque vers l'arrière, mais il reprit rapidement pied, avançant avec un rugissement. La meute s'agita, des hommes poussant des cris et hurlant, des loups grognant. Les deux combattants se tournèrent autour. Fergus était plus petit d'une tête que le blond, mais rapide. Il fouetta autour du guerrier plus grand, seulement pour chanceler quand Siebold l'attrapa avec son poing. Le petit guerrier roula avec le coup et saisit son bouclier et son épée pendant qu'il était à terre.

L'un des potes de Siebold lui lança sa hache.

— Je l'ai mis en colère, chuchotai-je à Wulfgar, me pressant contre sa grande poitrine.

— C'est bien, petite. Les loups furieux ne pensent pas clairement. Siebold fera des erreurs.

Mais alors que le combat continuait, la raison pour laquelle Siebold était l'un des loups les plus dominants de la meute, devint claire. Il s'avança et ses coups résonnèrent sur le bouclier de Fergus, assez fort pour faire vibrer mes os.

Je ne pouvais qu'imaginer à quel point ils secouaient le bras de Fergus tenant le bouclier. Encore et encore, Siebold frappait, menant Fergus au sol sous son poids supérieur.

Enfin, Fergus jeta le bouclier et l'arme au loin.

— Non, criai-je, mais les bras de Wulfgar se serrèrent autour de moi.

Je ne pouvais pas rester et ne pouvais rien faire, mais je ne pouvais pas partir. Je ne pouvais pas cacher mon visage. Il n'y avait rien que je pouvais faire.

— Prêt à rencontrer ta fin plus tôt ?

— J'aurais dû faire ça il y a bien longtemps. Je ne te ferai pas face comme tous les autres l'ont fait.

— Tu ne me vaudras pas, de force à force ?

— La force vient sous plusieurs formes. Je choisis de te vaincre, par ma présence d'esprit.

Le dernier mot résonna comme un aboiement alors que Fergus se Transformait en loup rouge.

— Que se passe-t-il ? demandai-je en empoignant Wulfgar.

— Il est sous sa forme de loup. C'est une forme amoindrie, c'est autorisé.

Agile et rapide, les dents éclatantes, le loup roux dansa autour du guerrier. La hache s'abattit, mais le loup ne fut jamais là.

— Il l'épuise, m'expliqua Wulfgar.

À un des gestes, le loup fonça près des jambes de Siebold. Le blond hurla et chancela.

— Le premier sang, Fergus.

Le loup esquiva la hache et ses dents saisirent le bras de Siebold.

Il continua à venir et foncer, conduisant le grand guerrier de l'autre côté de la clairière.

— Tu peux me couper un millier de fois, avorton. Je ne mourrai pas. Je guéris.

Fergus se précipita, le faisant trébucher et se tordant pour se fixer sur sa jambe. Le loup traina le guerrier vers la zone de combat.

— Bon coup. Notre Roux mord son talon. La blessure saigne beaucoup et ne guérira pas vite. Tu vois ? Il boitille.

Avec un vent qui picota ma peau, Fergus se transforma en homme. Il courut à l'extrémité du cercle où il avait laissé ses armes et bondit vers Siebold avec une épée en main. Le blond réussit à prendre sa hache à temps pour bloquer le coup. Après, l'épée et le bouclier tombèrent au sol et il fit face à un loup rouge enragé.

— Comment Fergus s'est Transformé si rapidement ?

Les bras de Wulfgar autour de moi se desserrèrent, sa poitrine se soulevant et tombant plus rapidement.

— *Il a puisé dans ta force ?* questionnai-je, fusionnant mon esprit au sien, tout d'un coup je les entendis parler l'un à l'autre, les échos semblant comme des instructions que Fergus me donnait quand nous nous entrainions.

Cette fois, les ordres venaient de la voix de Wulfgar.

— *Fais attention à son bras gauche. Il le lève quand il va feinter.*

Siebold marcha d'un pas lourd vers l'avant, balançant sa hache vers le loup rapide.

— *Pourquoi Siebold ne se Transforme pas aussi en loup ?*

— *Il n'est pas si rapide. Il garde sa force pour le combat à la fin, quand les Alphas les autorisent à prendre la forme de bête.*

Je me mordis la lèvre. Le loup rouge était rapide, mais Siebold était beaucoup plus grand. Comment Fergus avait-il une chance ?

— Aie foi en lui, Muriel, me rassura Wulfgar.

Il avait saisi l'écho de mes pensées. Alors que les grognements et le bruit métallique des armes résonnaient dans la clairière, je fermai les yeux. Le visage de Fergus, fendu d'un sourire, m'attendait. Fergus rigolant. Fergus regardant à travers les barres de la cage. M'apprenant à me battre. Promettant devant la meute entière de s'occuper de moi ce soir.

La meute était devenue sinistrement silencieuse.

— Dernier quart, appela Samuel. Forme de bête.

— *Gagne pour moi, Fergus. J'attends.*

Lentement, la Transformation prit le loup rouge, s'enroulant à travers ses pattes arrière et finissant au bout de son museau monstrueux, pointé haut dans le ciel.

Je m'exclamai. La bête de Fergus était haute de dix pieds, au moins une tête et demie de plus que Siebold. Au-dessus de moi, Wulfgar sourit.

— *Tu vois, petite ? Je te l'ai dit.*

— Pourquoi ? m'exclamai-je en ouvrant et fermant la bouche.

— Pourquoi n'a-t-il pas gagné les Jeux ? Il n'avait pas à le faire. Nous étions d'accord qu'il me prêterait sa force. En plus, ma supposition est que son nouveau pouvoir est une surprise pour lui aussi bien que pour tout le monde.

Fergus regarda vers le bas vers ses pattes géantes aux bouts comme des rasoirs, puis vers le plus petit monstre de Siebold avec une fourrure sale blonde. La bête rouge sourit.

Siebold se précipita en avant, trainant du sang de sa cheville. Fergus esquiva et évita à nouveau quand Siebold vint une deuxième fois.

Wulfgar gloussa.

— Il se bat encore comme le petit loup.

Siebold se rua en avant et feinta, mais il fut trop lent. Fergus saisit son flanc d'un coup et le blond tituba.

Un autre coup, et Siebold tomba. Le quatrième guerrier le plus fort de la meute percuta le sol avec son dos. Fergus poussa l'épée au travers de son épaule, l'épinglant à terre.

— *C'est la deuxième fois que nous épargnions ta vie, Siebold. Cela n'arrivera pas une troisième fois.*

La voix de Fergus résonna haut et fort sur les liens de la meute.

Avec un grognement, la bête tourbillonna et me désigna.

— Mienne.

Je fis un pas en avant quand de la lumière étincela dans mes yeux, brillant de deux lames. Les deux potes de Siebold se rapprochèrent derrière Fergus.

— Fergus, criai-je tout haut et dans mon esprit.

Mon compagnon roux se retourna, les bras en l'air pour repousser le coup. J'essayai de hurler, mais ma voix était trop enrouée.

Je poussai mon esprit dans mes compagnons, m'élevant sur la pointe des pieds alors que je faisais appel au pouvoir.

— *Non !*

Le mot résonna dans le silence, un écho dans ma tête. Mes oreilles sonnèrent du grand retentissement, fort comme un bruit de tonnerre.

Dans toute la clairière, mes conjoints et moi fûmes les seuls debout. Tous les loups et les Berserkers étaient au sol, pataugeant comme des poissons échoués.

Samuel était avachi sur son trône, agrippant les côtés comme s'il en aurait complètement dégringolé. Des lignes d'effort marquaient son visage. Il fit signe à mes compagnons. Rapidement, Wulfgar me conduit devant lui, serrant mes épaules quand j'aurais chancelé sur mes pieds.

— As-tu puisé dans son pouvoir pour gagner ce combat ?

Fergus était de retour à sa forme humaine. Il paraissait un peu abasourdi.

— Je pense.

— Soit ça, ou elle a puisé dans le nôtre, répondit Wulfgar pour lui.

Samuel réfléchit à cela, puis fit un geste à Daegan, qui éleva sa voix.

— Cela a été décidé. La victoire est claire. Fergus a vaincu tous les challengeurs. Les deux, Wulfgar et lui ont pris Muriel comme compagne.

Wulfgar prit la main de Fergus et la joignit à la mienne.

— Elle est tienne. Gagné à la loyale.

Me tournant, je saisis les mains de mes deux guerriers.

— Venez, exhortai-je, parlant directement à leurs esprits.

— *Rentrons à la maison.*

Le résonnement dans mes oreilles ne partit pas jusqu'à ce que nous soyons à mi-chemin de la cabane.

— Par la lune, qu'est-ce que c'était ? demanda Fergus d'un ton stupéfait.

— La sorcière a dit que Muriel avait des pouvoirs, rigola Wulfgar.

— Je ne pense pas que c'est ce qu'elle voulait dire, éclaircis-je en secouant la tête.

— Qu'importe ce que c'était, ça a marché, déclara Fergus en inclinant la tête.

Ses oreilles résonnaient toujours, mais à part ça, il allait bien. Du sang marquait sa peau, ses blessures avaient guéri rapidement.

Un poids s'enleva de moi et je fis un air sournois à Wulfgar.

— Peut-être, j'appellerai Yseult et lui demanderai.

— Si tu le fais, nous lui demanderons à quels autres endroits nous pourrions percer ta chair et ajouter un anneau pour te diriger.

Je rougis.

— Peut-être ses lèvres inférieures, médita Fergus. Nous pourrions enfiler une lanière entre les bagues et le nouer pour qu'elle ne puisse pas toucher. Puis, seulement prendre son cul et sa bouche, jusqu'à ce qu'elle nous supplie de la soulager.

— Une bonne idée. Je pense que l'espoir du plaisir la gardera adorable. Il y a des ceintures de métal qu'elle peut porter, une armure que nous pouvons verrouiller sur sa chatte, jusqu'à ce que nous permettions de l'enlever.

— Je ne me soumettrai pas à de telles choses, m'exclamai-je.

— Tu n'as pas le choix, Muriel. Tu es à nous pour que nous fassions ce que nous voulons. Tu as entendu les Alphas, sourit Fergus.

Je frappai son bras et Wulfgar me claqua le cul, assez fort pour m'envoyer vers l'avant de quelques pas.

— Est-ce une façon de traiter votre vraie compagne ? boudai-je.

Inspirée, je marchai à grands pas devant eux et m'arrêtai.

Les hommes attendirent, curieux de ce que je ferais.

— Cette marche prend trop longtemps, dis-je. Faisons un jeu.

La tête de Fergus s'inclina et le menton de Wulfgar se leva, des prédateurs sentant leur proie au début de la chasse.

— Quelle sorte de jeu, petite ?

Je tirai ma robe au-dessus de ma tête, suivie pas mon fourreau, et laissai les deux habits tomber. Un frisson me traversa alors que je voyais la bête bondir dans leurs yeux.

— Une course ? Le gagnant prend mon cul ? suggérai-je, avant de tourner les talons et m'enfuir.

LIVRE GRATUIT

Obtenez un livre secret sur les Berserkers, Imprégnée par les Berserkers (seulement pour les extraordinaires fans de la liste d'emails de Lee) Pour commencer, rendez-vous ici...
https://geni.us/BredBerserkerFR

LA SAGA DES BERSERKERS

Vendue aux Berserkers
Unie aux Berserkers
Imprégnée par les Berserkers (disponible seulement pour les
extraordinaires fans se trouvant sur la liste d'envoi de Lee
https://geni.us/BredBerserkerFR)
Prise par les Berserkers
Donnée aux Berserkers
Revendiquée par les Berserkers
Sauvée par les Berserkers
Capturée par les Berserkers
Kidnappée par les Berserkers
Liée aux Berserkers
La Nuit des Berserkers

L'Héritage des Berserkers
Possédée par les Berserkers

Apprivoisée par les Berserkers
Maîtrisée par les Berserkers

LES GUERRIERS BERSERKERS

Ægir (auparavant intitulé *Le Loup de Mer*)
Siebold

À PROPOS DE L'AUTEUR

Lee Savino a l'intention de conquérir le monde, mais la plupart du temps, elle n'arrive même pas à trouver ses clés ou son téléphone, alors elle préfère encore rester chez elle et écrire des romances smexy (smart + sexy). Elle adore le chocolat, passe sa vie en pantalon de yoga et porte les chapeaux comme personne.

Pour de bonnes tranches de rigolade, rejoignez son groupe sur Facebook en anglais, Goddess Group, ou rendez-vous sur **https://geni.us/BredBerserkerFR** pour vous inscrire à sa news-letter et recevoir un livre gratuit.

Site web : www.leesavino.com
Facebook Goddess Group :
https://www.facebook.com/groups/LeeSavino/

TOUJOURS PAR LEE SAVINO

Romance contemporaine

Bad Boy Royal

Je ne suis pas du tout en train de tomber amoureuse de mon arrogant et agaçant dieu du sexe de patron. Non. Absolument pas.

Royally Fake Fiancé

Le duc de Nouvelle-Arcadie a un problème d'image que seule une fiancée peut régler. Et je suis la petite veinarde qu'il a choisie pour jouer les Cendrillons.

La belle & les bûcherons

Après cette saison au camp des bûcherons, j'arrête complètement de baiser. Parce que : j'ai mes raisons.

Papa à moi

Mon héros marin sexy veut que je l'appelle « papa »...

* * *

Romance paranormale

La Saga des Berserkers

Vendue aux Berserkers

Rien ne pourra empêcher ces féroces guerriers de revendiquer leur compagne.

Alpha Bad Boys

Le Tentation de l'Alpha avec Renee Rose

Mon loup veut la marquer et en faire sa compagne, mais elle est humaine et délicate : elle ne survivrait pas à une morsure de métamorphe.

COPYRIGHT DU TEXTE